荣誉出品：

深圳读书月组委会办公室

深圳劳动者文学（宝安）创作孵化中心

名誉顾问：罗烈杰　尹昌龙　陈绍华

顾　　问：顾焕金　曹　宇

策　　划：尹昌龙

执行策划：曹　宇

统　　筹：白政瑜　于爱成　朱德明　朱永峰

主　　编：刘　永　袁叙田

向 劳 动 致 敬

我们的诗

刘永　袁叙田　主编

海天出版社（中国·深圳）

图书在版编目 (CIP) 数据

向劳动致敬：我们的诗 / 袁叙田, 刘永主编. — 深圳：海天出版社, 2016.5
ISBN 978-7-5507-1622-3

Ⅰ.①向… Ⅱ.①袁… ②刘… Ⅲ.①诗集—中国—当代 Ⅳ.①I227

中国版本图书馆CIP数据核字(2016)第088327号

向劳动致敬—我们的诗
XIANGLAODONGZHIJING——WOMENDESHI

出 品 人	聂雄前
责任编辑	顾童乔　张绪华
封面底图	刘伯良
责任技编	梁立新
封面设计	蒙丹广告

出版发行　海天出版社
地　　址　深圳市彩田南路海天综合大厦(518033)
网　　址　www.htph.com.cn
订购电话　0755-83460202(批发)　83460239(邮购)
设计制作　蒙丹广告0755-82027867
印　　刷　深圳市希望印务有限公司
开　　本　787mm×1092mm　1/16
印　　张　14.25
字　　数　120千
版　　次　2016年5月第1版
印　　次　2016年5月第1次
定　　价　38.00元

普通劳动者的心灵志

写在《向劳动致敬——我们的诗》前面的话

杨克

　　鲁迅先生在《且介亭杂文·门外文谈》中对诗歌的起源提出了一段著名的猜想："人类在未有文字之前，就有了创作的，可惜没有人记下，也没有法子记下。我们的祖先原始人，原是连话也不会说的，为了共同劳作，必须发表意见，才渐渐地练出复杂的声音来。假如那时大家抬木头，都觉得吃力了，却想不到发表。其中有一个叫道'杭育杭育'，那么，这就是创作，大家也要佩服、应用的，这就等于出版；倘若用什么记号留存下来，这就是文学；他当然就是作家，也是文学家，是'杭育杭育派'。"

　　然而后人以"风雅"喻诗歌，说明诗不仅仅起源于劳作，还可能与祭祀、娱乐、爱情、战争、别离有关，亦是上层社会举办典礼或宴会时演唱的乐歌。但"风"采自民间，劳动者的日常精神感受，无疑是诗歌最重要的"本源"。随着历史的变迁，诗歌逐渐演变为文人雅士的个体创作。今天对于绝大多数都市人，特别是生活在北上广深一线城市的人们，仿佛生存于以4G、web2.0、云端、大数据为标识的移动互联网世界中。工作、理财、交际、娱乐、出行，乃至吃饭、租房、求医、购物、处理纠纷等每个环节，低头之间，全部交由薄薄的手机处置。无形之间，我们似乎拥有了随意跟这个星球上任何一个人发生接触的空前本领。数十年前社会学家提出的"全球化""地球村"日益成真。然而对于维持、推动这庞大的社会机制得以运转和繁荣的无数个制造业、交通运输业、服务业、IT业的千万个普通劳动者，人们又有着多少理解、多少尊重呢？这些"熟悉的陌生人"是否又蜕变为车水马龙都市里的一群会走动、会呼吸的符号，屏蔽在坚硬冰冷的机械和庞大的光纤矩阵后，被寥寥几个企业巨头和商界翘楚的名称所覆盖，异化为精英阶层迈向更美好生活的工具呢？

如今这本貌不惊人的诗集，正是抗争这种异化的努力，作为"深圳读书月"和"深圳劳动者文学（宝安）创作孵化中心"的一项成果，我要感谢一批有心人，正是他们的努力，为这"沉默的大多数"保存了心声。《向劳动致敬——我们的诗》已是该系列的第四本文集，收录了国内，特别是深圳较活跃的劳动者诗人的作品，共100人，近150首。在我看来，这是以绵薄之力对一万个正在写作的和亿万个未曾写作的中国普通劳动者致敬。他们是中国的脊梁，倘若缺失了他们，我们赖以生存的城市群落将马上瘫痪，我们沉醉其中的现代化生活将立刻烟消云散，露出其赤裸、荒凉的面目。

我留意到这本诗集最为特别之处——它详细标注了每位作者的籍贯。这绝非可有可无的细节，它突出体现了深圳作为移民城市的全国性色彩。诗集当中既有深圳、揭阳、梅州、饶平、揭西、陆丰、肇庆等广东地市，也有全国各省市县的地名。这些地名在中国全景地图上只是密密麻麻的一群小点，在电子版地图逐层放大后，你才会看到这些听过或未曾听过、也许永远不会亲临的地方。于我而言，当中既有听闻过的重庆，四川乐山、内江、自贡，湖南衡阳、耒阳、邵阳、永州、常德、张家界、绥宁，广西南宁，湖北荆州、黄冈、荆门、云梦、监利、咸宁、洪湖，山东郓城，安徽阜阳，内蒙古通辽，福建莆田，江苏徐州，河北保定，河南郸城、漯河，浙江绍兴，贵州遵义，甘肃环县，江西崇仁；更有陌生的甘肃镇原，湖南武冈、隆回、安仁，河南周口、鹿邑、林州、宁陵，湖北保康、红安、浠水、麻城，江西修水，四川仁寿，陕西商州，河北文安，浙江台州，福建宁化等等。

我不厌其烦地念出这些地名，是因为它们不单是一个个劳动者诗人的身份标识，它们是故乡，是无数人世代生息繁衍的一方水土。近三十年来，无数的人硬生生地与祖先的土地剥离，来到大都市，他们的血泪与艰辛，成就了国家也包括个人的梦想。成千上万的劳动者，就是来自这些地域的普通一员。我们理应向他们致敬，如同在一座庄严的纪念碑上刻下每一个人的名字。时代巨轮的轮缘上齿轮啮合，使得南部的大都市与千里之外一个陌生的小地方，生活脉络发生了隐含的牵引。

以"珠三角"为主体的广东，是外来普通劳动者孕育和释放巨大社会潜能的重镇。诗集里一首曾获得全国首届农民工诗歌大赛银奖的作品《一个民工的时光志》，就是恰如其分的代言："民夫放下尚未读完的百草经/进入这个沿海城市/他们将金属、木材、淡水、火焰、土方/凝造成未来主义的线条、模型/在天地间/为这个城市卜算他未来的梦境/从1978年的渔港开始/渔夫、农夫、园丁、机械师/他们陆续融入这个城市的骨骼……这是一个城市时光书的古典数据/在历史的数字群落中间/高高的建筑物，那是毕昇时代符码/他们像是虔敬的古代人一样/在那建造一座属于未来的城池。"他们涉猎不同的工种，遭遇了身份尴尬，度过了艰辛的生活，甚至消殒了生命，写下了灿若繁星的诗作。尽管北京、上海同样是外来务工者重要集中地，却没有形成像广东如此规模性的打工诗潮。这跟广东特殊的地理位置和当时主导的劳动密集型加工制造业有关。低廉的劳动力市场，吸收了大批没有受过高等教育的内地农村青年，他们生活在城市，却不是城市人，工人的称呼前缀竟然是农民的标签，这种特殊的人生经历决定了他们不一样的生活方式和情感体验。他们在社会摸爬滚打中，经历时代风雨的洗礼与个人痛苦感受的抽打、沉淀，完成了人生阅历与社会经验的积累，领悟和思考一系列或细微或重大的生活和心理问题。他们需要寻找自己去发声、去倾诉情感的渠道，加之QQ、论坛、微博、微信的普及，自媒体渠道助推了众多普通人发表作品、寻觅同道的愿望。

随着逐首逐行的阅读，我渐渐进入他们的心灵世界，当中大部分诗歌是对"乡土中国"的怀念、想象和崇拜。他们基本不凌虚蹈空、不矫揉造作，不炫耀智识，而是忠于创作主体的切身感受和原初经验，浓缩着乡土中国都市化进程中底层生命的身份困惑和灵魂颤动。这些朴素的文字，在物质和精神两个层面同步推进，将乡土和城市、历史和未来加以融合，真实而一定程度上艺术地反映了打工族的人生境遇和思想情感，这已经成为当代中国人心灵历程的一个独特部分，且必将作为现代中国社会转型的一份特殊的精神记录。更为重要的是，这些文字及其主人在现实中的活动，表现的也许是古典的、乡土的，指向的却正是现代的、历史巨变中的大时代。作为社会转型期寻梦者特殊的经验书写，命运不经意地就会被无形的经济和技术力量瞬间改写，他们的身体和灵魂被揉捏着，他们的生命感悟着疼痛。而这些生命中不乏敏感的、羸弱的却闪烁着人性光芒的高贵的诗心，他们泣血的歌吟，呈现了全球化新经济体系和人的生命尊严以及文化地理传统之间的紧张状态，也见证了这个时代社会底层卑微的草根一族的生存镜像，记录了一代人的牺牲、奉献、屈辱与担当，他们写下了古往今来从未有过的民众文学，见证着、捍卫着劳动的价值和中下阶层的尊严。这既是特定的社会制度、经济生活和文化活动的必然产物，也是中国工业化、城市化的大环境下特有的文学现象。这一文学现象揭示了一个时代一个特殊群体的生存状态和精神世界，所呈现出来的传统与现代后现代、乡村和城市变迁的二元矛盾与张力，在全世界是独一无二的。正是对农业文明的消失、颓败或者整合加以呈现、并给人类生存提供一种新经验的探索，为未来留下了珍贵的记忆。我甚至感到，这是2000多年后集体无意识书写的新《诗经·国风》，是众多非精英写作者对拥有数千年传统的汉语文学史的新贡献。

不得不说的是，近年随着媒体、专业文学圈有意识的介入，一些打工诗人逐渐被有选择性地吸收为城市中上阶层和文化圈中人，如郑小琼、郭金牛、邬霞等代表性人物。然而，这种光环有意无意间容易使人产生错觉，忘记了绝大部分劳动者仍处于，并且注定永远处于金字塔的下方，冰山的底部。曾有统计，当今中国，起码有一万名普通劳动者诗人默默地用诗句记录自己的喜怒哀乐，而广东就占据了不少份额。他们大部分时光藏身于永不停息的流水线上、日夜轰鸣的马达旁、车水马龙的道路上。很多"劳动者诗人"在城市没有自己的不动产，跳槽多次，没有固定的通讯地址。很少有人在意他们的想法，即使写下诗句，也难以正式发表，少有人听到。在这个喧嚣的世界里，这个辛勤劳作的庞大人群成为最寂静的无声者。

这部诗集所能做到的只是从亿万个普通劳动者中选出区区100位，以点代面，呈现的正是"不可为而为之"的致敬之意。这部诗作看似普通平实，背后厚重的正是在现实生活中为温饱奔波劳碌，而在自己精神世界里屹立不屈的成千上万以语言为自己匆匆生命留下卑微印记的作者。倘若这世界忽视、遗忘了他们的心声，时代精神必将变得浅薄和缺憾。诗集编者在后记中提到，不少作者已经在编辑出版的期间失去联系，而当中还有已经故世的。这状况正是普通劳动者颠沛命运的一个缩影。

经过30多年改革开放，中国"后乡土"的特征已经凸现。随着大批农民离开土地和家园，涌入城市，从小数变为多数，从新形态转为新常态，从匆匆过客转型为新本地人，从谋三餐一宿到谋安居乐业。进入21世纪后，广东和国内的产业升级转型，新一代外来务工群体，带动了整个南粤乃至全国的劳动者文学继续演化，深圳也萌生和造就了具有标杆意义的新城市文化。这种文化给我们带来新的生活方式、行为方式、价值观念与新的城市精神。然而劳动者诗歌所验证的当代中国文学具有的特殊性、现实性、沉重性的社会学特点。它传递的人性、底层关怀，也是国家文化道德层面不可或缺的。劳动者诗歌对亿万青年农民工的社会与文化素质的推动功不可没。因此，我特别对深圳扶持劳动者文学创作怀有感激之心。政府持续不断推出多项措施，社会各界大力帮扶劳动者文学发展，在我看来，这也是一座现代城市文明的标志。

在结束这篇序言时，我突然想起约翰·列侬的《IMAGINE》，这首看似毫不相关的歌曲，听起来分外暖心和惆怅。半世纪前，这位嬉皮士的精神领袖唱出了自己最高贵的大同之歌；而全球化的今时今日，经济和科技把人们拉得更近，却同时又隔得更远更孤独。无论打工族还是脑力劳动者，终究只是芸芸众生中的平凡一员，是拥有最大共名的"我们"。也许对于国家民族的城市化、现代化历程而言，"我们"只是历史的棋子、时代的尘埃。要捍卫人的生存痕迹，要做地球村的主人而不是过客，就要为自己，也为其他人的心灵留下印记。这需要一部、一批乃至一整套"地球村"公民的心灵日志，《向劳动致敬——我们的诗》正属于这样的心灵日志，向可爱可敬的劳动者致敬，向大地、海洋、天空致敬。

约翰·列侬的钢琴伴唱余音袅袅："我希望某天你会加入我们，那样这世界就会融为一体。"借此，祝福入选和未入选这部诗集的所有劳动者的诗意灵魂，感谢为这部书面世付出努力和帮助的仁者！

（本文作者为著名诗人、广东省作家协会专职副主席）

目 录

（按作者姓氏笔划排序）

2

子建（湖南衡阳）

寻找消逝的年味

一直在寻找着鞭炮声里的村庄

屋檐下的老人　鸡叫声

井边挑水的小孩　池塘边上洗衣的女人

那些空置下来的旧屋

还有四处走动的黄狗

让我站在熟悉的泥土上久久伫立

过年了　父亲却一个人老去

只有父亲身上的年味依旧还在

他独自生起丰收的柴火　从一块块腊肉上

触摸着我记忆深处的疼痛

我只想从父亲瘦弱的身体里

寻找一块泥土留给父亲的年事

冬　至

我站在风里喊

没有人听见　冬至了

母亲还在深夜的月光下赶路

她怕惊醒别人的梦

就把脚步轻轻地踩在白霜打过的泥土上

而一只黄狗的叫声

吓得母亲躲藏在池塘边的一块石头上

直到

一条水中的鱼把母亲送回家

南头关，消逝的青春

台风吹过的日子里

我们还在仰望

暴雨之后的秋天　我又独自路过这里

只是时光过去了五年　我与你们一样

曾经把青春丢失在那一辆辆熟悉的公交车上

南头关　消逝不见的青春

我们是否还记得那些挤车的日子

虽然有哀怨　虽然有争吵

我们依然风雨无阻

我们依然痛并快乐着

我们依然从黄昏归来

我们是否还记得站在阳光下排队的场景

每个人的背后都是那样坚定

每个人的背后都有一个梦想

每个人的微笑都是那样温暖

我们离开时　阳光依然照耀着远处的山林

南头关　我们去哪里寻找消逝不见的青春

你说在站台上

你说在一朵盛开的铁树花上

你说丢失在拥挤的公交车上

马群会〔湖南武冈〕

影　子

我是你身后孤独的影子
默默注视你昂首阔步的身姿
任岁月模糊了我的样子

我知道你对阳光的坚持
所以只能以沉默的方式
换取你平静快乐的日子

我是你身后无奈的影子
只能选择与你背对的姿势
哪怕眼泪也只是奢侈

向劳动致敬
我们的诗

下一站

落叶飘洒了一地的凄凉
就像我努力伪装的坚强
我知道这不是我要的梦想
却又忍不住偷偷地仰望

有人说幸福只是自己给自己的奖赏
可为何我还在孤独的世界里彷徨
有人说明天就会是下一站
却发现通往站台的路有点长

我踮起脚尖张望
想看看
是何处传来的曙光

没有人了解候鸟的忧伤
短暂的停留只因折断了翅膀
它说
如果让我看着远方
我也会向着阳光
用我的生命飞翔

王绍音（广东深圳）

汗 水

工地上

尘土飞扬

烈日下

无奈抵挡

脚手架上

挥舞着

瓦刀

搅拌机里

翻滚着涂料

任凭汗水

打湿衣襟

汗流浃背

年复一年

日复一日

重复着如此这般的工作

不，这已经不能称之为工作

见证着一座座拔地而起的摩天大楼

也是自己的杰作

这奔流的汗水

永不停歇吧

继续见证着

见证着我和工友们

一个接一个的杰作

毛志刚（河北保定）

铁　轨

我看见两条饱经沧桑的铁轨
耗尽了心血
弯曲着、匍匐着向远方延伸

一列漂亮的火车急速而来
又急速而过
那般的轻盈、幸福

我突然地发现弯曲着、匍匐着的铁轨
一边像是父亲，一边像是母亲
漂亮的火车像是他们头顶上的孩子

弯曲着、匍匐着的父亲和母亲
耗尽一生的心血
只为承载着自己的孩子到达远方

信念是一只会鸣唱的鸟

信念是一只会鸣唱的鸟

它总在我身处困境之时

盘旋在我的头顶

唤醒我的勇敢

这一只会鸣唱的鸟是多么的可爱

倘若我的生命里没有它

我也许就会在困境中沉沦

再也无法站起

王进明（甘肃镇原）

在异乡，用文字流浪

在异乡

内心发慌

文字的向往

期待笔的力量

那些心灵的激荡

和一些渺茫的希望

无法摆脱的漂泊之伤

下一代别朝着我的方向

踩我留下的脚印流浪

流水线上没有故乡

只有无数的包装

看不见的阳光

职业病的痛

我在异乡

疗旧伤

在异乡

我用微光

将灵魂照亮

在故事里畅想

一个配角的碰撞

人心难测世事动荡

心有千言却不敢张扬

在纸上留下带泪的诗行

谁让我远离温暖故乡

是生存和爱的力量

还有生活和阳光

文字里的营养

带给我希望

此生坦荡

永难忘

春天的希望

春天来了，有风为媒
群山青了，有绿作证
春是希望的季节
春是生命的光芒
是陇原大地的色彩
是一种诗意的姿态

小麦的根须扎进肥沃的土壤
温暖着父母的心房
青绿的菠菜迎春生长
滋润着农人的心扉
顶着露珠的小白菜抱成一团
怀揣一颗痴心给远方的亲人

一张思春的车票

盛得下万般浓情

一碟凉拌的苜蓿菜

抵得上万种山珍

儿女的一声真情呼唤

扯疼了父母的心

母亲的鸡窝里，有掏不完的鸡蛋

父亲的烟锅中，有吸不尽的滋味

生活如春潮

平静的表面下蕴含着沸腾的希望

亲情如炊烟

每天准会从家的烟囱袅袅升起

餐桌上多出的那副空碗筷

一定是父亲母亲对春天的向往

巴蚕（四川乐山）

开花的时节

向劳动致敬
我们的诗

总算等来了开花的时节
这是神的恩赐
面对一堵墨色的墙壁
他手足无措

她一层一层剥掉墙的皮
露出藏得很深的蕊
岁月的小刺
和坚韧的核

从此，她视线里的暗流
河床下面的淤泥
和两岸轻拂的杨柳
他都视若粮食

他们有着共同的故乡
共同的村庄
现在他们还有着共同的父母
以及一只叫"得得"的银狐

他黑白颠倒，睡在车间的
地板上偶尔呻吟
梦着他们共同的归巢
流出甜丝丝的口水

他开始除杂草酿浆果
把荒废的土地灌得肥沃
给她讲村里快要失传的笑话
在她越来越富饶的脸颊上种下小小的火苗

青衣江

在梦里我一直就坐在那里

事实上

那是我的出生地

那块白玉鹅卵写着我的生辰八字

从此，很多事情与它纠缠不清

比如骨肉分离

比如九死一生

比如一个动名词——故乡

父亲的温度一直在江边

风不吹，我也感觉到了

母亲那一滴眼泪始终没有掉下来

这让我一生都揪着心

他们安静地住在我的身体里

看我渐行渐远

尥起蹶子一路狂奔

直到心灵积满过多的尘土

直到我也变得安静

尘归尘　土归土

然后把身后散落的一枚枚脚印

小心翼翼地拼接成一轮明月

文刀（湖南衡阳）

和自己说话

我不知道
开往春天的地铁
什么时候抵达

我不知道
我一直不停地奔跑
是否就能追上你的步伐

假如有一天
我留在原地
站成一尊雕塑
天空的阴霾
是否就能遮掩住迷离的双眸
看不见情感的喜怒哀乐
看不见人间的悲欢离合

假如有一天
我在时光的隧道里
跌跌撞撞，磕磕绊绊
你是否会沿着我缭乱的脚步
寻觅而至
然后，拉着我的手说
亲爱的，跟我回家……

王银萍（河南周口）

微　笑

我们的诗　向劳动致敬

每个人的漂泊

都像雷声过后

大雨过后

风雨过后

你自远方走来

你仿佛来自众人的故乡

看见阳光下的城市

看见每个人像微风吹过

你是那样的热爱

甚至有些盲目地热爱一切

你是纯粹的，你年轻有力

我喜欢看着你

看着你在工地上

头戴安全帽，抬头望天

瘦削的脸上浮现出金色的微笑

其实你就像一股春风

无声地吹拂着

吹开城市上空的阴霾

吹走打工路上的累与苦痛

让年轻的心得到疏解

你那迷人的微笑

让我这个路过你的陌生人知道

这个世界有柔软

原谅他们，原谅一切

祝福他们，也祝福一切

那些不知热爱别人的人

那些一味追求名和利的人

你是我亲爱的兄弟

让我们一起，在各自的生活中

为了理想的事业

去热爱一切人

因为你的微笑

我的脸上也有了微笑

我们的微笑是那样的自然、美好

就像晓得别人都能理解一样

王朝东（广西南宁）

绿意让我们没有距离

尽管秋天多么的热情红火

可有时候

我还是想回到过去

回到那绿意葱葱的日子里

抚摸那油油的绿意

呼吸那清新的空气

在花开洋溢的时候

一起围在阵阵花香的旁边

闻着花季　忆起往昔

人在绿意中

我们总是没有距离

心　迹

总在夜深人静的时候

静静地想你

在一盏油灯下

忆起昨日的黄昏

你默默地走过我的心事

潮水无节制地汹涌

它湮没黑夜

我在你的故事中

沉默无语

那跋涉了一路的忧伤

应和寻觅步履的声声呼唤

在午夜时分

掠过你我无缘相见的梦

父 亲

我是你肩上的风景

累了

你把日子从左肩换到右肩

酝酿了几十年的话

从你被烟熏黄的指尖弹出

落进山脚下那条即将干枯的河

我在溅起的浪花里

泅渡

在岸上你为我寻找

春天落脚的地方

我清晰地看见

你的另一半白发

正在路上

今夜

我为你种一盏灯

把孤寂赶出窗外

看快乐挤进门来

灯下

在你的目光里

我发现了自己

022

我们的诗

向劳动致敬

田晓隐（湖北保康）

还乡录

西风枯瘦，不能填满空空的胸腔
闰九月，一程返乡的路
车前子、狗尾草、泥胡菜重新返黄一次
行囊干瘪，把路途推向苍茫
而少年丢失了铁环，一头撞破了青春
哦，少年
哦，青春的圈套
着青衫的我，正踌躇在深南大道
任由车流和灯火装点我的寂寞
也荡尽我的余生
驭马鞭藏于腋下，抽打着第一根肋骨
抽打着远去的火车
抽打着拥挤在站台的指示牌
在一杯黉夜私奔的酒里虚构
虚构一座疗养院，让宠物进去铁环出来
让落叶进去白云出来
让闰九月的火车进去，两条铁轨出来
西风陡峭，剥削着异乡那消瘦的面颊
每一次停顿，就是一个漏洞百出的刻度

我们的诗　向劳动致敬

腊月二十八在火车上看油菜花

油菜花的疼痛被列车拉长

湖水、山岭、草甸在腊月枯坐

我在一节车厢里垂钓

视线摇晃，窗帘摇晃，无形钓钩摇晃

无风。江山是一张不起皱的床单

我思绪混乱。看油菜花挣扎出风声

对称的不是我与车窗

而是天地昏黄挟持油菜花的金黄

雾越压越低，邻桌人头垂得越来越低

我垂钓的是一畦怀揣炸药的油菜花

约等于被囚困在落日之前的哭泣

艾华林（湖南邵阳）

阶　梯

一棵树在远方仰望着

空气还算清新

但镜子的光洁度不够

我只能听到它寂静地呼吸

孩子们在追逐中安静下来

我试着靠近它，抱紧一棵树

红牛有保健功能

我不适合做这样抒情的梦

在雨季忘掉那些灿烂的阳光

我做不到

从心里生出的根须

正是我现在所攀登的阶梯

仪桐（湖北荆州）

加班面条

面条落肚的时分

正是我在八卦二路加班的时辰

这碗带有城市体温的面条

并没有吃出母亲的味道

一颗颗善良、饱满的麦子

它出生的籍贯与光芒

来源于我的母亲

现在，它躺在一个亮晶晶的包装盒里

佐料齐全，色泽光鲜

映照着送外卖的人一脸汗水

和大半生沉默的勤劳

晃　荡

在异乡，我任由蚂蚁在额上爬来爬去

天地如此辽阔

我说我在飞。他们不信

我要说的，只是一枚月亮

穿过直竖的万物，穿过错误的时间和地点

在博民快易贷前晃荡

在桃园路的澳康达门前晃荡

在斑马线上晃荡

在松动的井盖板上晃荡

在映射的灯光下晃荡

在潮湿黑暗的枝条下晃荡

在昂贵的罩杯前晃荡

在粉面部落前晃荡

我们是慈父偏爱的孩子

看得见许诺，看得见果园住在它后面

卢当应（江西修水）

亲吻修江

落红萧萧的子夜

月光皎洁　温柔如水

而此刻　我

一个多情的歌者

却难眠今宵　梦绕

茫茫修江

我的手

抓住你的衣裳

我的脚

踩在你的身上

我的嘴唇

深情地吻着你的脸庞

我的情人呀

我多想轻轻地依偎在你的身旁

聆听你动人的传说

触摸你岁月的风霜

我的情人啊

每亲吻你一口

就有一滴晶莹

绣在我眼眶

我的情人呀

赣西北的崇山峻岭

九曲回肠的

一江幽蓝

多少年后

你是否会走进我的梦乡

棉坝水库的竹子

木棉坝的竹子逐水而来
将一截马鞭埋在水库旁边
于是就长出了这些竹子

竹子粗大的骨节
像劳动而变得粗大的骨骼
坚硬　挺直
颜色翠绿
像水一样

水库两旁的竹子
翠绿的竹子
使我有一种
在水一方的感觉

我将竹排推入水中
挥起竹篙
逐水而去
两岸的竹子
含情脉脉地为我送行

北残（山东郓城）

村　庄

炊烟从上空飘出，天黑下来
鸡鸣，犬吠，羊叫，唤猪的声音
鸟与兽，禽与人，各自归各自的家门

夜渐渐地探出浅深
静落在鸣虫的口中

孩子们都累了，进入酣甜
做着明天与今天一样的美梦

勤劳的女人们，收拾起碗筷
男人的嘴角叼起烟卷
倦意一来，就很快都上了炕头

我们的诗　向劳动致敬

石雨祥（湖北咸宁）

玉龙新村

032

向劳动致敬

我们的诗

晚安，玉龙新村

你是妈妈遗失的孩子

归家的路途

你只渴望拥有一个苹果

鲜红得像春天

桃花烂漫漫山野

有时，你也挑剔时光

它的光泽与光芒相差甚远

蛀虫永远不见天日

胆小的鼠辈啊

偶尔有过往的列车

扰乱他们青春的美梦

那好看的八字小胡

彻夜无眠

奋战在长城脚下

晚安了，玉龙新村

我要就此与你告别

请为我遮蔽屋外的亮光

晚安了，玉龙新村

请为我消除情人们的泪花

我不再显得多情

如果人生最优美的时光

属于什么年代

我想在此时

凌晨两点一十八分

今夜，
我要关掉月亮这盏大灯

刘银松（湖北红安）

角落的阴暗不需要照亮
流浪汉睡得踏实安详

河流隐去鳞甲
水声偷渡远方

车辆隐去速度
哑语的铁，不需要导航

城市隐去楼房
漆黑的门窗，大口吸氧

今夜，我要关掉月亮这盏大灯
顺带关掉工地上镝灯的强光

隐去浇筑混凝土的，绑扎钢筋的，拼装模板的
清炒四只玻璃杯，三碟小菜，二斤白酒，一段唱腔

三五颗星星在上，身体里有火焰的人
今夜，不需要月光

我的身体里装满轮子

大大小小，各种各样
我的身体内装满轮子

太阳是一个，月亮是一个
我的每一天在两个轮子之间滚动

童年一个，不规则的铁丝圈
少年一个，呼啸的风火轮
中年的几个，在路桥上
在高铁上，在建筑工地上

还有一个，在去老年路上
充气，上润滑油

而一些看不见摸不着的轮子
有的仍在转动，有的
已经坏死在我的身体里

吕布布（陕西商州）

马峦山

山泉流动处的那棵树庞大如伞，成熟的荔枝闭目等待
这里路小雨又下起，五个人徒步汗水播下了盐和剽悍
遍坡海鸟，展翼的速度参差不齐，从梧桐山的塔顶到
马峦山的洞背，我更愿意快走。向前是海暗绿的面容

久思而起皱。我和朋友在盛夏横穿马峦山，第几次
村子门口的高跟鞋在烈日下炀化，寂静的狗一脸瘀青
两瓶冰镇红星，炝土豆丝，椅子上热切的鼾声，还有
不幸跌落的雏燕，凡此种种不一而足。他又提来百威

"我们活着因为越过了绝望"，我们对月举杯相照嘛
路灯像不断延续的时间突然关闭，小超市老板也睡了
我们还能喝点啥，虫鸣总使人愣怔，所有理想无异于
大汗淋漓之日。窃喜的是桌上那本书最近我们都在看

刘永（安徽阜阳）

一个民工的时光志

民夫放下尚未读完的《百草经》
进入这个沿海城市
他们将金属、木材、淡水、火焰、土方
凝造成未来主义的线条、模型

在天地间
为这个城市卜算他未来的梦境
从1978年的渔港开始
渔夫、农夫、园丁、机械师
他们陆续融入这个城市的骨骼
一个城市的性格源于农夫
神农氏、鲁班、李时珍的工作态度

公元两千年后的渔港
燧人氏从鸟巢迁居到山谷

民工、他们从内陆靠近大海

穿过平原、盆地、山川、沙漠

涌动的人潮

与远古时代游向岸的鱼群一样

来到这个东方大海的城市

一个来自明代的农夫

站在水泽密布的田野

想念东南的大海之泽

有着通往西洋的神秘之路

遥望一个理想世界的构想

现在的民工部落

进入深圳这个工业城市的梦境

一个民工在这个城市里梦到青草

最朴实的群体创造一个精神版本的《本草纲目》

哺乳、玻璃、工地、工人的身份

方志、移民、民族志、家谱、户籍

在临水的城市参与一个城市诞生的意义

远古的轩辕马车或者工业时代没有马的马路

他们追逐的是这个城市内在循环的轨道

他们在这个版图上叫岭南的地方

定义民工的后现代身份

手工业、作坊、操盘手、药师

穿过荔枝盈眼的广场
找到那一班到达建筑工地的公交车

一个民工日常的物质生活
以及一个城市的精神叙述
从不缺少土方、钢铁、乾象、资金
以及现代意义的民工
通过最平凡的方式
进入这个城市的编年史

这是一个城市时光的古典数据
在历史的数字群落中间
高高的建筑物，那是毕昇时代符码
他们像是虔敬的古代人一样
在那建造一座属于未来的城池

向劳动致敬

我们的诗

许岚（四川仁寿）

流浪南方

流浪南方

我放纵

我淘金

我赤裸

我流血

语言的刀子深入珠江内心

我只看见浮萍

和我的衣衫

一起褴褛天际

阳光火化我的眼睛

雨水瘫痪我的肝脏

贫穷和患疟疾的我

喝完最后一杯豆浆

睡得很沉

很香

流浪南方

灵魂很瘦

影子很胖

天空愈来愈真实

高楼阳台上的红豆

一天天金碧辉煌

案头上的句子

一会儿刮风

一会儿响雷

流浪南方

城市距心缥缥缈缈

春雨在眼前浩浩荡荡

月光干草

月光，怕弄疼我的饥饿

打开每一只白皙之手

轻轻抚摸我肥大的腹部

干草，躺在干草中

眼巴巴地看着饥饿和孤独

啃噬我的饥饿和孤独

它像一位即将枯萎的产妇

嘴唇嗑出血来

也挤不出一滴米浆了

躺在它的怀里

至少有一团温暖裹着我

我并不怨恨干草

就像月光并不怨恨我

月光是我牵着，从故乡

从春天一路啜着青草来的

这是1996年的一个深秋

在广州郊外的大朗砖厂

从大地上升起的夜

像个巨大的馒头

收容了我和月光

还有一片漫无边际的干草垛

朱增光（河南漯河）　　　# 雪花落满你来时的路

天蓝蓝的，太阳遥远
如照片上的一枚光斑
云彩都不见了踪影
被风的马车，驮走
又或者淹没在蔚蓝之中

树木危立，争抢着伸出手指
静候夜幕，派送钻石戒指
鸟巢空空，幸运时或有流星跌入
湖面封冻，时光静止
鱼群夹在冰层里，变身为立体书签

我在岸边踱步
湖面正映出你，凌凌的影子
你迎面走来
微笑着，抖动一下乌发
雪花便落满你身后的路

新年献诗

我在远方，静待

这一夜的降临

今晚，化身一朵火焰

燃烧，驱赶着黑夜的羊群

我的羊群携带着好运

我祝福你，用手用脚

用眼睛用鼻子，用嘴巴

握握手，手即是玫瑰

眨眨眼，眼也是星辰

让所有的欢笑都属于我们

举起酒杯，开怀畅饮

男人、女人和孩子

在诗中，无比青春

邬霞（四川内江）

打工妹

我们来自不同籍贯
怀揣不同的梦想
奔向不同的工厂
坐在不同的流水线上

工业区随处可见我们的身影
穿着工衣　戴着厂牌　或面无表情
或嬉笑怒骂　或站在小店门口看电视
嘴里嚼着话梅或吸着一根雪糕
享受一刻钟的满足
我们的美在一天天生长
不加班的夜晚或周末放假
我们像花蝴蝶飞出厂门
流连于步行街　溜冰场　商场　公园……
我们也曾暗恋过一个男孩 曾真爱过 伤过
在无人的角落哭泣
我们也想在这里找个如意郎君
永远活在簕杜鹃　木棉花之中
我们不是娇娇女　从不叫一声苦喊一声累
迎着朝阳奔跑
让青春像花一样绽放

向劳动致敬
我们的诗

许红丹（福建莆田）

母亲的视线

背起行囊

继续那异乡的流浪

渐行渐远

却不忍回望

但我深知

有一双眼睛正凝注着我

那是母亲的目光

满眼的叮咛与牵挂

多少回暮色中

母亲翘首盼望孩儿归来

多少回晨曦中

母亲目送孩儿启程

寒来暑往

岁月在母亲发梢染上风霜一层层

爱在母亲额前刻下诗歌一行行

啊，那沉甸甸的母爱啊

孩儿要用一生去回报

背起行囊

继续那异乡的流浪

但我深知

走得再远

也走不出母亲的视线

秋思

暮秋里的夏天

单休者的周六

走过几家早点店

走过一座桥

云朵如雪　天如海蓝

天空下

红琉璃瓦流光

绿树婆娑

护城河沉默

桥外有桥

桥上是我

秋的十八点

一出门便撞进了夜

原来

阳光下的那一整段光阴

都属于一串单薄的数字

来不及抖落昼的感慨

已然听见凌晨的逼近

也许

该读一读

碧云天黄叶地

秋色连波

波上寒烟翠

周日

黄昏后跑步

转角落叶缤纷

风斜斜地吹

美跑进我的眼睛

却来不及闪进我的镜头

等风起

有着重逢的欣喜

小小的湖

许立志（已故）

细小的晨曦被微风吹送着

我看过风景看过雪

独不见一个早晨的明亮

小叶榕有瀑布般的根须

拂过路边行人困倦的脸

谛听这些声音，这些光线

我的内心是宁静的

它赓续了朝代间缄默的溪水

爱与孤独，树脉上流动的思想

土地上碎落的方言

我弓腰，拾起几枚

在阳光下反复诵读，咀嚼

抵达每个乡村，每个生命的卑微

展望新的日子，我满怀期待

湛蓝的喜悦在心里荡开

静卧成一面，小小的湖

梦　想

夜，好像深了

他用脚试了试

这深，没膝而过

而睡眠

却极浅极浅

他，一个远道而来的异乡人

在六月的光阴里

流浪或者漂泊

风吹，吹落他几根未白的头发

那些夕阳沉睡的傍晚

他背着满满的乡愁

徘徊于生活的十字路口

这疼痛，重于故乡连绵万里的青山

弓着腰，他遍地寻找

妈妈说的梦想

在秋天放风筝的女子

华想（河南宁陵）

字里行间洋溢着的欢乐
在故乡的小草坡上忽隐忽现

秋天瓦蓝瓦蓝的天空下
一个女子牵着一根线在白河岸边奔跑
任风筝飞过河去，飞到天使的怀里
而后躺在飞鸟栖息过的草丛上唱歌
牵着她手的那个人，不是我
为她编织美丽的花环
看她绽开小公主般幸福的笑颜
为装饰她的梦
撑着伞在江边拣彩石的人，不是别人

在秋天放风筝的女子
你的双眸使谁的心湖涟漪重重
透过重重涟漪，我发现
我也是一只风筝
牵着线的，是故乡

想起北方

就在这一俯首、一抬头的当儿
想起北方——
运动场外宽大的梧桐叶落了
在风中飘着
一直落到我的心上

就在一闭眼、一睁眼的当儿
休息的眼睛领着驿动的心
偷偷地孵出一个梦来

早已节节脱落的败节草
却在梦里长出了新芽
硬硬地敲打着我的骨节

就在一抬手、一挥手的当儿
才发现经历过无数次的送别
挥之不去的
仍是北方的小站上
母亲慈爱的目光

邬霞（四川内江）

吊带裙

包装车间灯火通明
我手握电熨斗
集聚我所有的手温

我要先把吊带熨平
挂在你肩上不会勒疼你
然后从腰身开始熨起
多么可爱的腰身
可以安放一只白净的手
林荫道上
轻抚一种安静的爱情
最后把裙裾展开
我要把每个皱褶的宽度熨得都相等
让你在湖边　或者草坪上

等待风吹

你也可以奔跑　但

一定要让裙裾飘起来　带着弧度

像花儿一样

而我要下班了

我要洗一洗汗湿的厂服

我已把它折叠好　打了包装

吊带裙　它将被运出车间

走向某个市场　某个时尚的店面

在某个下午　或者晚上

等待唯一的你

陌生的姑娘

我爱你

我要在你面前盛开

我要在你面前盛开
像玫瑰一样　满园地
挥霍着阳光　我一定要
盛开　在你面前
让你掏空我所有的香

我来之前就是沉默的
风吹着今夜
我是想让你明白
我依然保持的沉默

我一样的金枝玉叶
我一样的柔情如水
我一样的承接露珠
如同我玲珑的心

不要从我的窗前经过
不要在我的流水线上停留
不要叫我打工妹
不要叫我抬起头来
看到我眼含的泪水

今夜　有风
我将为你寂寞地盛开

流　转

华中军（河南固始）

我的庄稼痛哭之后枯萎

田地瘦弱得不堪重负

布谷鸟的清唱也暗哑了

我随车水而流

一个女子的泪水惊醒不了我

这个城市的噪音太多

我拍一幢二十层楼的底层门柱

靠上去没人注意

我随车水而流

我用青春回避草地和村庄

却在钢筋水泥的丛林中寻找绿意

我用第一缕阳光去折叠早晨的边缘

劳动的后面还是那古朴的村庄

我打一个手势

爱人的眼神归还我全部的希望

从帝豪酒店站下车

沿宝安南路徒步

灯光次第开放

像家乡的一路梨花

一路槐花

罗湖三十年

用"深圳速度"
种植如此多的参天高楼大厦
这些高过家乡最高树的高楼
仰酸颈项
徒步在宝安南路
各色车子像穿游在家乡小溪里的鱼
它们的游弋陌生
冷静
身边行色匆匆的人
他们追赶什么
我转身、驻足、仰望、眺望
鸡公山的茶暗绿
茶香四溢
史河里的渡船在摆渡
那荷锄擎镰的农人
炊烟是温暖的诱惑
过了西湖宾馆站
一抬头
我看见了地王大厦

刘浪（广东深圳）

突然寒冷

总想着，如果你在
是不是冬天都会暖和起来

打开关闭了一夜的水龙头
那些昨夜还在的温度
渺无影踪

如冰的触感
十指生疼、透心　同时
几乎完全忘却了所在
记不起我是种在了我温润的南方

在离你只一个口岸的城市
与你呼吸着相似的空气
与你感受着同样的气候
那些湿润的海风围绕着你
也拥抱着我

今天，突然寒冷
给你最爱的慈母的电话里
虽寥寥数语却暖意融融

如果你在
这一瞬会不会更暖和更快乐起来

我渴望

张华（四川自贡）

和每个人一样

我渴望，在异乡的清晨醒来

看见阳光抚慰

大雾中退却的村庄、田野

庄稼和河流

我渴望花朵，在花朵之上

爱上蜜蜂的指引

我渴望檐下老井

在五月的落花里，承接雨水

黄昏的大地上，月光

给流水镀上白色的水银

我渴望，黑夜的小径上

回乡的人，忽略了风雪

而火把，准时照亮了

枕边的呓语和爱情……

啊，那些朴素而庸常的事物

那祈求中变幻的一切……

仿佛一些美好的念头

让我忍不住回首，打开模糊的双眼——

看一看简单的生活

想一想坚韧的一生

哥 哥

他们搭起高高的架子
把大楼围了起来
他们要把整条街的建筑全部翻新
装点这座美丽的城市

早上六点上班，晚上七点下班
无论烈日，还是暴雨
他们洗外墙，刷油漆
焊花灼痛了眼睛，烫伤了脚趾

他们在脚手架上高声喊话
用的尽是乡音
可没有人叫得出他们的名字
这座城市里，他们统一叫"农民工"

哥哥，他们让我想起你
38摄氏度高温，你在高空作业
脸膛被晒得黝黑
手上的青筋高高突起

哥哥，我的鞋带开了
我想念你系的那个笨拙而坚实的蝴蝶结

吴夜（江苏徐州）

月是故乡明

月光落在灰瓦，月光落在红瓦
扑棱棱惊得飞起来的，不知是些什么事物

后半夜，如果下起霜，那些白，就是白霜
如果还没有下，那些白，就是麻雀丢失的草鞋

"跟着脚步进去，可以融进，更深的荒草"
当然，回想这些深秋的事物，水退一寸，云浅一分
天是高高的，也蓝
缀于其上的星子
下弦月
飘浮着
仿佛飞翔的水银

故园草木深

我离家的时候，二小子才刚会挪步

现在的二小子，已经学会不回家
整天在外头鬼混

在南河滩的树林里，二小子的父亲，抬手折断一根树枝
啪一声，折断之处露出新绿的颜色

他想约我一起把二小子找回来
我答应了，同时又担心，和二小子见了面
我认不出他该怎么办

李可君（河北保定）

等　待

我用一生的时间准备

准备落日下最美的余晖

准备浸染野薰的山风

准备碧柳低垂下的荷塘

准备洒满温馨的小路

准备一切很随意又很浪漫地相遇

我会等

一直等

我愿意从春天等到夏天

或秋天，甚至冬天

我不怕错过季节

错过蜜蜂和蝴蝶

我最担心

最害怕的是错过你

整日整夜

我都在翘首期盼

期盼你熟悉又陌生的身影

期盼你身赴这个偶然的约承

我从不敢踏实地睡觉，踏实地休息

我怕稍微一合眸

就错过你奔驰的马蹄

我从不感到疲倦

我会等，耐心地等，一直等

等你从远方赶来

匆匆或慢慢地赶来

陪我哪怕只是一刹那的盛开

莲

对于你

怎样的路都不艰难

无论贫瘠或富有

你的脸庞总是挂着灿烂

在你的世界里一切都风轻云淡

你可以，让尘世拥有共知的善良和敬畏

人群中交织的焦躁、狂妄和哀愁

都能静止在你缓缓绽放的花朵间

然后，悄悄淹没在岁月的长河里

对于你

从不炫耀纯洁

去赢得出淤泥而不染美誉

濯清涟而不妖的万古佳言

你纤纤的指尖是普度众生的仁爱

再强大的语言也无法诠释你的胸怀

你经历着四季

默默地承受着绽放枯败

岁月迢迢

慢慢风干刻在唐诗宋词间

莲，生命如此

无论仙境和凡间

愿！每个人心中都盛开着一朵莲

吴开展（湖北荆州）

五月家书

麦子熟了
三天割不完就割五天吧
割破了手，我心疼呢
多病的母亲白天是否还下地干活
晚上熬中药，半夜求菩萨
困顿在琐碎的农事里
直不起岁月疼痛的腰身
这月多寄回的钱
是老板表彰好员工，刚涨的工资
我一切都好，只是爱上了写诗
做了个无用的诗人
比你侍弄着的棉田里那些哑桃
还坚硬，其实我是多么的愧疚
游走了多年
我比它们还瘦弱，总把你的心
扎得生疼

069

向劳动致敬

我们的诗

李秋彬 （河南周口）

冬季回北方去看雪

南方的女孩，不知道她叫雪
纯真，可爱，善良
北方的雪，不知道她是我的女孩

第一次认识雪
是随母亲堆了个小绵羊
踮着小脚，涂土锅灰点睛
她捂着我的小手，煨烤红薯
冬天一点都不冷

那一次看到雪，天亮得很早
赖在床头，眺望厨房
摇摆的雪帘里，她担水生火
锅里热气上升，院内的飞雪下降

那一次迎着雪，赶路

她背着半袋麦子，我提着鸡蛋

去几里外的集市，凑学费

白絮扑到睫毛上，湿湿的

她说，雪化了就是水

最后一次听到雪

在离乡的车轮下，咯咯吱吱

娘！回吧。别等雪化了

不然，满天都是会飞的眼泪

南方雪一样的女孩不知有雪

没有冬天的城市，如夏虫难以语冰

等上数个季节，天又冷了

亲！牵住我的手

冬季回北方去看雪

秋收了，我们没有坐在玉米地上

你要触摸的那些云朵
我真的摘不下来
南去的大雁，向你告别
我真的也撵不回来
你也不舍得，我撵那么远
又怕我，撵着撵着
就一个人去了远方

你那年五岁
能给我送水，能帮我拿农具
我们坐在玉米的秸秆上
你一边剥着玉米
一边剥着庄稼人的心事

你最怕黑
说天黑了，没谁敢出大门
才放心地睡了，在梦里
你可听到我内心辽远的鸣笛
告诉这个秋天
秋收了，我们没有坐在玉米地里

李建川（河北文安）

蜗牛

做一个被遗忘的人

如蜗牛

背着重壳 瑟缩墙角

仰望星空

做一颗被遗忘的星星

贴着月亮

醉醺醺地笑看人间

昼夜发光

做一颗被遗忘的种子

默默无闻 积蓄力量

等待某年某月某些个惊叹号

等待某些个绯红的脸

从少年到青春

李西乡（湖南永州）

从少年到青春
从青春到孩子的父亲
当我写下深圳
我的眼里已热泪盈眶
厂牌，工卡，暂住证
铁架床，书信，收音机
流水线，车间，工业区
以及加班路上的方言
这些熟悉的词语
它们曾多么美好地打动了我

在异乡的工业区
一个人就是一个故乡
一个人就是一种方向
城市流淌着乡村的汗水
水稻，玉米，麦子
油菜花，植物，月光
这些寂寞的想象
割破了母亲劳动的手
我模仿母亲的朴素和勤苦
交出了我小小的善良

我在日渐消瘦的日历里
计算着手里每小时的微笑

时光沿着生命的路口
打开南方以南的深圳
从一个工业区到另一个工业区
从一条流水线到另一条流水线
从一张车票到另一张车票
岁月是以怎样的抒情
搬迁着我的远方
搬到哪里
哪里就有我的老乡

在深圳打工
这么多年以来
其实我并不了解深圳
我的生命，和一些失眠的梦想
都给予了这座城市
包括我一直以来对她的热爱
她像母亲的体温
在我的身体里多么温暖

我想，这盏照亮我乡愁的灯
也许是我的另一个故乡

与夜晚交谈

夜晚沉于内心的河流
街灯下都是外省的身影
喧嚣的繁华和口音
在晚风里吹拂着忧郁的异乡

我试图通过辨别口音
来辨别一些外乡人的生活片段
他们，或者她们
都是我遗失的兄弟姐妹
拥挤不堪的楼群
以及这晚风里吹过的足迹
我看见了
他们的身体里到处都是工业的铁

我不敢触摸他们

一如触摸我的疼痛和泪水

宽广的街道，结实的孤独

哪里才是我们可以交流的地方

夜幕下的漫游者

使我想到了成群的蚂蚁

搬运着它们的青春和梦想

坐在夜晚的深处

不知是不是怀了对明天的憧憬

竟有了情不自禁的轻唱

这薄暮气息的声音

温暖了每一个怀乡病患者

我在黑夜里

咳嗽不发一言

李建毅（湖南绥宁）

名 字

我们的诗 向劳动致敬

我的诞生是一个陌生的故事

我的名字　是我一生中读不懂的诗歌

我父辈的种子

在北方　我祖辈的种子

在北方　传说中的黄帝

在北方　在诗歌的隔壁

父亲种植青青的草

草的上面　是天空

草的下面是泥土

我和我的祖辈在泥土里生长

我的名字　在泥土里发芽

一个故事取代一撮泥土

一撮泥土取代一个故事

我的名字　在父亲心灵的草地上疯长

夜里梦的草在生长

忧郁的草

要把我的名字埋进风里

我的名字

使风静止

黑暗的村路口流行我的

名字

我的父亲弓着腰拾起我的名字

在风雪里飘扬

我的名字是父亲的另一个名字

地铁站

吴静（广东梅州）

夜深了

把脚放进月台

就这样

带着那些迷乱且忧郁的笑容

挥一道道深情的弧形

让所有的语言飘荡在空气里

留给岁月去琢磨

风中的脚步

轻盈又匆忙

你的身影被斟酌得模糊

沉没在静静的夜里

在月色中永恒成清晰

停泊在港湾的柔情里

一副黑色的镜框

框不了忧伤的心事

让列车里的清风，深入内心

洗濯经历的风雨与沧桑

开始新的旅程

我多么愿意

我多么愿意是一只小鸟
睁开明亮的双眼
看到的世界
只有蔚蓝的憧憬

我多么愿意是一缕阳光
暖暖的身体
漫过初夏大地
洒一片人们快乐的心情

我多么愿意是一本记事本
打开纯真的扉页
任由倾诉
生活点滴心事

我多么愿意是一轮明月
散发柔和的银光
静静地
陪人们进入梦乡

李倩（湖北荆门）

流 年

当雨珠打落在荷叶上

邻家的小妹妹开始哭闹

大红的灯笼在风里飘摇

雨水总是在这样的时光里

缓缓地渗入地底

你觉得吗

一眨眼，我们

就离开了襁褓

清晨的水面

被我们划出两条

温柔的水波

岸，一直都在前方

母亲打来电话

故乡的轮廓就慢慢地

清晰了。二十多年的岁月

已经在身后

夜里，总是听见

骨骼拔节的声音

爱人，这样的时刻

适合想念

适合祈祷，一匹马

温柔地抵达

秋 风

要穿过多少江河湖海

沉默的植物

有形的栅栏

和那无形的风

两只离群之鸟

才能在月圆之夜

静静地靠在一起

而我只能选择在一个

风轻云淡的好日子

去看看海，看远去的客轮

驶进秋天

看孩子们笑声如雨

让一阵轻纱

模糊双眼

李明亮（浙江台州）

摸黑扫地

我的白天，都交给了工厂
夜幕下的那间租的小房暂时是我的
在租的小房里
我有许多的事情要做
屋内的东西各就各位，衣服叠成平平整整
把墙壁的灰尘和地面的垃圾清理掉
让从门缝钻进来的小蚂蚁可以大摇大摆地走
最后把自己放在澡盆里
用清水把整个夜晚都洗得纤尘不染
完成这些后
我还要到屋后的小院子里
摸着黑，仔细扫一遍
扫完之后，我还要把衣服洗了
在院子里晾着
即使风把它吹下来，落在地上
也还是那样干干净净

深圳，雁盟书

（一）旧时光

候鸟不怕迁徙，只害怕迷失于他乡和故乡之间。

关于深圳这个城市，是二十世纪的春风告诉我的。我曾经向往南海边的那个圈。

知道候鸟，从小学的课本，一群大雁往南飞。南方就是深圳。他们一会儿摆成人字，一会儿连人字都摆不成。

我落脚宝安的时候，有一轮苍黄的落日，落进了我的心里。

那时候起，我缓缓地行走在南方，感受她的温柔。

（二）西乡记

西乡，比外婆家的西厢更让我陌生。

独自漫步，一个人的无助。像一滴墨水，即便融进了水缸，还是格格不入。

超市里的商品或食物，琳琅满目，如此熟悉，却无以倾诉。

（三）火车票

从深圳西站起步，感受时代的速度。

我坐进车厢，看着车窗外的夜幕。

在东莞的某处。另一列火车呼啸而过，当我转回身时，心里莫名地激动，好像丢失了什么，又好像凭空多了些什么……

飞驰在江西之上，望不见一颗尘土。赣州，吉安，南昌，夜色朦胧，群山如雾。

清晨，冷风拂面。农民和水牛在田中劳作，一只白色的鸟儿向我飞来，不言不语的，是无边的垄亩。

车到阜阳，数不清的人下了火车，也有数不清的人上了火车。重新鸣笛，我却快不起脚步。

山东梁山，烈日当空照，英雄无觅处。一粒蒲公英的种子回到大地，漫山遍野地找啊找，总也无法找到儿时的伙伴。

辛弃疾的济南，李清照的济南。抬望眼，气吞万里如虎。怅寥廓，误入藕花深处。陌生是茫茫的大海，我该争渡，争渡？

（四）雁盟书

地点是深圳宝安，时间在闷热的午后，暗号用诗歌的语言。

我和很多人，像雁阵一样在一个咖啡馆结盟，预谋用一个下午的咖啡和音乐来构建幸福，让深圳插上诗歌的翅膀，抖落的美丽不可胜数。

然后就此别过，不说再见，也不说后会有期。一个走南边，两个去北边，三个往东，四个向西。

结盟是为了分头行动，正如相聚是为了离别。

我在狭窄的巷子走累了，靠着木棉树仰望深圳的明月。我微微地眯上眼睛，月光就像蜘蛛一样，慢慢地在我的身旁降落、聚集。

当我打开盟书，只见：雁儿，一路向北。

张型锋（山东汶上）

伊犁河谷上的婚礼

我选择在伊犁河谷举办我们的婚礼
在那里，我将邀请全世界的蘑菇
把伞花开放成圆桌和方凳
但有毒的那些不会收到我的请柬
我将邀请七点半钟的太阳
给那些坐具铺上柔软的台布
并用一支鹅毛笔蘸着红墨水
在上面写下各种各样的"喜"字
我将邀请全世界的甲壳虫
变成瓷质细腻的杯盏和果盘
用来盛放我采摘到的葡萄、樱桃
石榴，还有你最爱吃的香梨
我将亲自烤制各种各样的馕
邀请全世界的人品尝，而不计较肤色
那些来自非洲的孩子
还会跟在你的身后帮你提起裙摆
我将邀请全世界的百灵鸟
用歌声铺开火红的地毯
我将牵着你的手走在上面
并给父母下跪，感谢他们的养育之恩
我将给你戴上用薰衣草的长茎
编制的戒指，并许愿和发誓
我将陪你走完幸福的一生

我们的诗　向劳动致敬

吴途斌（四川）

回　家

乡愁像久治不愈的胃病

总在我想家的时候疼痛不已

一袋涪陵榨菜一瓶山城啤酒

饮不尽浓浓的乡情

举杯邀月诉不完日积月累的伤痛

一次又一次醉倒在别人的城市

多少年来远离了故乡的春耕

明月消瘦成一把弯镰

徒把她的秋收一遍又一遍收割

千年的蜀道上我们艰难地往回赶

风中的野草

依然摇曳着漫山遍野的贫瘠

月亮走失在漫无边际的黑夜

紧紧包裹着留守儿童的哭声

还有老人剧烈的咳嗽声

炳波江上

我再次背井离乡

留下长长的汽笛

回响在巴山蜀水之间

告诉唤儿归来的母亲

梦远路长

远航的儿女还不能靠岸

下一次乌江水涨的时候

他们一定扬帆归来

李斌平（湖北监利）

小　妹

早晨在一群下夜班的女工中

我喊我的小妹

就像在花丛中

喊一瓣熟悉的花朵

她们说着笑着

相互追逐着

略显倦意的脸上

笑容是多么的干净

早上的阳光

从树缝洒落到她们身上

是多么的温暖干净

我喊我的小妹

她们一起回过了头来

我喊我的小妹

就像在一群蜂中

喊一只快乐的小蜜蜂

一张发黄的照片

唐以洪

带着最初的梦想

你踏上了深圳这片热土

曾经踌躇满志的你

朝着五彩斑斓的前方

奋力追逐

在城市中钢筋水泥浇铸的森林里

你渐渐迷失了方向

汗水夹着泪水

淌过你那不再年轻的脸庞

表面风光无限

内心却早已伤痕累累

在无数个孤单寂寞的夜晚

朝着家乡的方向默默祈祷

蛇口港

张宗明（广东深圳）

我记得蛇口步行风情街光鲜亮丽的人潮
我记得书城台阶上噘嘴女孩甜甜的浅笑
我记得罗湖桥上空迎风招展的红旗飘摇
让我时时记得那一年南下的火车
油菜花炽热燃烧的季节
载着第一次出远门的我
一路无所羁绊一路南下狂奔
来到了我现在所在的这个城市
那时候的你，或许正站在茫茫人群中
手持着火车票，望着家的方向
我记得万象城诱人的精品闪闪放光
我记得大梅沙海滨观光客的欣喜雀跃
我记得深南大道上川流不息的车流
让我时时记得那一年南下的火车
扎扎千列火车，南下北上
万轮滚滚溅起的钢花
奏起或回家或漂泊的歌谣
我们在南下的火车上相遇
你准确而迅速地叫出我的小名
我依稀记住你灿烂美丽的骄傲
我记得五星级酒店流泪的冰淇淋
我记得关山月美术馆的苦涩咖啡

我记得海岸歌剧院的震撼低音

让我时时记得那一年南下的火车

当火车哐当哐当启动的那一刻

站台顿时变成一片泪水的海洋

一年一年美好地流逝了

却有更美好的一年一年到来

我时时记得许许多多的美好

一如我记得家人脸上的微笑

我记得仰望世界之窗铁塔的祈祷

我记得矗立深圳湾上的跨海大桥

我记得我们曾说过的理想和诺言

重新坐上那一年南下的火车

看窗外的风景一段一段过去

顷刻之间感觉已经恍如隔世

经过了冬天，经过了春天，也经过了夏天

我永远记得那一年南下的火车

它日夜奔驰在我心灵的原野

始终还缺整整一个秋天

汪帆（湖北浠水）

久违的雨

天上的云朵

翻滚着让我忆起了

大海里翻滚的巨浪

猛烈地拍打着它前进的步伐

闪电和雷声不期而遇

那粼粼的白光和巨响

是我儿时点燃爆竹的欢快和童年

雨下了

惊醒了久违的土地和鱼塘

林畅野（广东饶平）

南国情诗

秋凉加剧了思念
总有故事隐居在心间
我想讲给你听，逗你开心
纵使你缄默着，我依然可以感受
你内心潜藏的暗流
撞击着深处的渴望
很想一起去散步，看落日余晖
很想一起去喝茶，品清幽之雅
爱情是智慧的光芒，带有阳光属性
我就像空气一样萦绕着你
你呼吸之间并未感受我的存在
那就让我默默地，默默地爱恋着你
祝福着你，把你视为黑夜的明星
当落叶坠地，那是灵魂在颤抖
饱经沧桑的心灵越来越澄澈
爱你直到你白发双鬓，矢志不渝

沉默之爱

夜晚有太多的秘密

我无法洞悉

黑暗抵达深渊

思想缠绕梦境

诗歌在孤独中吟唱

夏天的南方十分闷热

每个清晨必然迎来露珠

和温暖的阳光

每一天的时光都流逝

人一天天沧桑

河流带走了许多故事

包括和情人在一起的细节

我读若干年前的情诗

依然激动，仿佛回到初恋时光

邹米（湖南隆回）

城乡之间

一大坛
不知有多混浑就有多混浑的湖水
整整摆了三十八年
今天终于可以
照出清澈的自己……
山水尽头
云烟之外
青青翠竹
何曾不是我立世之躯
尤其这朵无非般若的
郁郁小花
远观如月
近看似灯
别忘了那是我
动静两忘的心
将来老了
将来倒了
你路过那一架小竹桥
也许是我遗留人间的诗魂

我们的诗　向劳动致敬

杨点墨（广东深圳）

我是地铁，你的地下情人

100

我们的诗　向劳动致敬

我是地铁

你的地下情人

命中注定

不能见光

我只能从你的双颊

联想霞晖涂满天空的模样

仅仅是朝与夕

我们能够相伴

中间的空白

是一千次的回忆

与一千零一次的望眼欲穿

每一次

我以飞翔的速度奔向你

只因为

你翘首以待的目光

是我大而无形的翅膀

你靠在我的怀里

无言春意

恣肆盎然

一旦

你挣脱我的臂弯

唯有默念你的背影

驱寒

我不能陪你

去太遥远的地方

尽管

我比你更明白

最美的风景

是在他乡的路上

播种一亩叫作幸福的田

你来到深圳
播种一亩叫作幸福的田
头顶着黎明编织的草帽
帽檐下
是乡愁和你懵懂的眼

你来到深圳
播种一亩叫作幸福的田
正午的田野里
拓荒牛的蹄
踢溅起褐色的泥点

你来到深圳
播种一亩叫作幸福的田
你荷锄站在夕阳下的田埂
被荆棘划破的裙裾
漫舞　翩跹

你来到深圳

播种一亩叫作幸福的田

白天的汗水和夜晚的泪水

在南方模糊的四季里

被风干成盐

你来到深圳

播种一亩叫作幸福的田

稻浪在沸腾翻滚

收割的镰刀

颤抖着亲吻

你双手的茧

你来到深圳

播种一亩叫作幸福的田

你躬耕俯首的样子

凝固成城市的雕像

完成了对青春

最后的祭奠

陈宝川（湖南常德）

诗歌就是一些砖头

他一边写，一边用他的诗歌垒墙
墙体越来越高，他就越来越矮
矮得都看不清自己了

后来，他用诗歌去砸那些墙
一边写，一边砸
墙体一点点破损，一点点破碎

轰然倒塌的时候
他幸福得流泪，嚎叫

有了那些想象，她就回来了

如果你愿意把我想象成
一片云，一滴雨，一朵花，或者一只蝶
你还是爱我的

如果你能够把我想象成
一件圆润的瓷器，一个纹理清晰的石头，一条自由自在的鱼儿
你还是懂我的

如果你还能把我想象成
一段音乐中突然的停顿，一首诗结尾处袅袅飘起的余韵
我就回来了

安连权（广东深圳）

立 春

积雪化掉之后

露出墙角

因无用而耳根发烫的空瓶子

如今她走了。我望着它们

像是望着她

留给我的，一段

隐隐发烫的遗言

在往日，它们将为她换来食盐

和夜晚

燃灯的煤油。而如今她不再

从这些瓶子里

呼吸

生活的空气

不再教授给我从空瓶中取水的秘技

她留给我的遗言，我感到它
其实是一种更新鲜的语言
我曾那么熟悉，
但现在日渐陌生，并丧失
我打开瓶子
努力去聆听的勇气。奶奶
你的低语
我希望它，仍像小时候春天山上的溪水
在这个恍惚的黄昏
缓缓流进我思念的心里

火车东南飞

过德安　过黄州

过永修

过营盘上　过高楼房

过高兴镇

过兴国

在我醒着的时候

在冬去春来之际

我把从前的日记

誊下来给你看

峡 谷

是十年中，中间的一天
我在北方
和南方的日子里
的中间
大巴车在夜色中，经过
盐田
我想那应该是盐田
大道两侧
高楼耸入天空，披着星光
夜是黑暗的
像峡谷，穿过幽凉山风

守 望

张国武（湖北）

渔船已经漂远
我还在岸边
黎明含羞的脸
对我笑，很甜　很甜

粼波荡漾着相思
我追着你的影子
阳光缓缓爬上岸
你正消失在双眼

我像一株被遗忘的水莲
吐着忧郁的芬芳
开着小小的心愿
等你，天天　年年

阿北（河南郸城）

五金厂之夜

夜色收住了五金厂
收住了工业区最重的一幢楼
楼房内的啤机　它呻吟着
夜晚
被它压铸得更加悠长

取一只产品，从啤机内部
让它的余热从夜色深处绕过
开机人，他用心跳揣摩啤机的喘息
那有节奏的心跳
和啤机的喘息声一起深入黑夜

只把月光留下来
把那座重重的五金厂留下来
偶尔一两声列车长鸣、唱出开机人
一首思乡的曲儿

五金厂，工业区上空的啤机声是否
将这夜晚安放好了？
产品散着热，绕过夜色深处
那暖不了开机人的希望

春晚，在路上

深圳的夜，原本永不停息
一个神奇的维纳斯，国际都市的炫耀
在许多劳动者的梦里作最后的道别
此刻，路上没有一辆车
我握着爱人的手
永远疲倦的膝盖正准备逃离

爆竹和烟花不时地点亮黑夜
平静的快感和爆破的柔情
对匆忙的行人已不再有半点爱抚
前方，最后一班公交车已驶进年的氛围
我们追赶不上，一个团圆的夜晚
黑暗带着身体的温热，陪伴爱人与我
用脚步丈量幸福的距离

二十八站。站台冰凉吐出残忍的事实
这数字，就是我的疼痛
爱人在黑暗里裹紧外套
她扬起头，用口中的气息
击碎我的痛苦

继续前行。朝一个叫家的地方
这个夜晚，因相爱的温情而生动起来
有爱就是家。爱人轻盈的歌
在这条看不到一辆车驶过的公路上
引领我们通往另一个崭新的世界

阿谁（广东揭西）

寂寞回家路

回家路上
要经过朋友的家
有时我会抬头看看

好几次
我不小心
看到了朋友的寂寞

饮马观澜河

早安小河马

此处人迹罕至

阳光尚好

流水还算干净

你风尘仆仆

从竹林赶来

请教给我

竹叶的呼吸

学到风吹竹梢

我们再停下来饮水

你看可以吗

母 亲

陈玉花（湖南张家界）

每一次凝望

必会在您眼角多出一分哀伤

岁月　染白了双鬓的黑丝

强夺了您如花的容颜

弯曲了您健硕的臂膀

可您　仍舍弃不了

那曾让您耗尽青春的热土

锄起锄落

播种下对儿女们的眷恋与祝福

针进针出

编织出对儿女们无言的爱

您用宽厚且布满老茧的掌心

托起了儿女们的整个世界

温暖又舒心

陈诗哥（广东肇庆）

天堂旧书店

欢迎光临，天堂旧书店座无虚席
这片热带雨林瓜藤蔓延有丰富的风声
从中你会听出拉丁美洲的孤独

请你坐好，手执书卷
明天的秋叶就要落下
书中的日夜与此相等
当你翻动书页，我就会感到
喜马拉雅山的宁静

向劳动致敬
我们的诗

母亲的枕头

陈再见（广东陆丰）

母亲把枕头的链子拉开
哗啦啦倒出黄色的稻壳
流淌的水，把年轻的母亲
从河的上游漂到河下游
连同她的嫁妆和枕头

那哗啦啦的稻壳
与多年前的流水一样
落满一地。母亲把枕头套子
拿到天井
晒在太阳底下

母亲的枕头绣着母亲喜爱的花
似水流年，母亲如花一般凋落
枕头上的花，依然娇艳
它的时钟
永远停留在某一年的五月

落日余晖，母亲倚在门楼
伸手去摘枕头上的白发
她的手指划过凸起的花瓣
如同划过人生长河，暗藏奔腾的衰弱

行 走

如一只鸟，飞进一个陌生的地盘
雾霭和风雨
曾经袭击，带着无情的手段
可它依旧飞翔
栖息，生活，满怀理想，回忆故乡

故乡在千里之外
母亲的屋檐，恍如五层厚的棉被
温暖异乡的我的身影
夜晚我还是禁不住颤抖
白天依然行走

在大街上，我路过城市的站牌
追一辆可以坐上很多人的汽车
摇摇晃晃，行走
行走的姿势类似飞翔
双脚站地，我朝工厂走去

我渐渐熟悉，城市的灯火
它们仿佛也长了脚
在街道两边奔跑，路过我
以及我的影子
然后，将我远远甩掉

父亲去县城

陈润生（贵州遵义）

父亲每次去县城，都要给大哥和四姐带点东西

比如洋芋、红苕、大米、腊肉什么的

这次给大哥带的是大米、海椒，差不多四十斤

父亲从山上背四十斤大米到街上要走一个小时山路

街上到县城要坐两个半小时的中巴车

昨天早上我看见父亲走到街上时已满头大汗

就叫他以后别给他们带东西了，县城里又不是买不到

他们要就自己开车回家来拿好了，这样带东西很麻烦

父亲说住在城里的人也不容易，寸步都要花钱买

还买不到好东西。反正都是自己种的

一家人不说两家话

看见父亲沾满泥巴的胶鞋和衣服上的柴火灰

说话又气喘吁吁的样子

我默默地将大米提上中巴车

给他占了一个靠窗的位置

打电话叫大哥十二点半准时到车站接父亲

父亲今年七十三岁

罗予愁（湖南隆回）

致太阳

在黑夜的腹地
你以远征的犁铧
以信仰的镰刀
开垦和收获麦地
在阴冷无情的宇宙
你是光明而又
温暖的火炉

我们以煤的形式
孕育在黑夜的胎盘里
十二支蜡烛光
明灭交替
我们将眼泪化作汗水
以盐作为我们
最美丽的衣服

罗益葵（湖南邵阳）

三月

我们的诗 向劳动致敬

把春天抱在怀里

做最恬静诗意的梦

不曾料想

渐暖的日子

春雷未至

凄迷了烟雨

我看见那朵木棉花

在时光里散落

九月

九月
天空不再守口如瓶
断断续续吐露
想起的唤作往事
想不起的也唤作往事
始终没人肯告知
即将来临的
是盛放还是凋零

在离开深圳的火车上

陈向炜（浙江绍兴）

他在各个城市间

不停地搬迁

搬自己，也搬明天

游离的脚步，伴着迷茫的面容

却躲不过故乡的眼睛

告别彳亍的昨日

又翻开忧伤的台历

在沉重的生计里喘不过气

在夜色的质疑下不寒而栗

周而复始的阳光

灼伤了月夜下的诗行

他冷不丁地惦起

身后疏远已久的故乡

白发苍苍的爹娘

忙碌一年的收成

已堆满粮仓

青春的竹筏，划向

颠沛的海洋却日益沧桑

生活，狠狠地赏给他一记耳光

薄薄的稿酬养不了家

他即将离开深圳

却要去另一座深圳

不知另一座深圳是否会接纳

一个在蹩脚的诗行里取暖的人

在离开深圳的昨夜

火车爬向了单行轨道

在飞驰的夜晚

彷徨的他泪流满面

他，在各个城市间

不停地搬迁

搬自己，也搬明天

把自己打包到远方

感恩，在外的日子

陈公玉（广东深圳）

我们的诗 向劳动致敬

在外的日子很苦脸上有笑

心里却有着说不清的酸楚

在外的日子很累寄人篱下

流水线上体力劳动很累

但心路历程更累

在外的日子

也有快乐的时候

当业绩上升的时候

当受嘉奖的时候

当发薪水的时候

在外的日子

想家成了一种寄托

多少次梦回故里

泪水已打湿了枕巾

在外的日子

朋友成了一份牵挂

多少次手握话筒

原来只想听听那熟悉的声音

在外的日子

有精彩，也有无奈

生活让我学会了独立

岁月让我变得更成熟

高兴了就把快乐悄悄珍藏

失意了就把痛苦慢慢放飞

在外的日子

是一曲唱不厌的歌

在外的日子

是一首带着泪花的诗

在外的日子

是一种说不出的感觉

我们的青春在这里飞扬

我们的梦想在这里实现

感恩在外的日子

心 事

林敏(重庆)

雨还在下

但小了很多

飘起来了

你盯着雨很久了

我也盯着你

很久了

我问你想什么

你说什么都没想

其实我

跟你一样

赵辉（辽宁）

心中的夜

我盼望有一个晚上，黑充满所有的角落
找不到一点光，我们想象自己是鱼
在最纯净的湖底，我们游动，撞不到楼房和水草
任何人从身边走过，我们都怀着一颗平静的心
我们只把那人当作朋友和过客，就像
谁都有自己难忘的小舟、雨巷和桥头
还像我写的字，你不需要刻意去懂
最好只当它们是最轻的云朵和最蓝的天空

我们的诗　向劳动致敬

欧阳疯（湖南永州）

母亲的简历

在母亲的床头，我看到了
母亲填写的简历表
姓名：朱小英。女
1966年4月28日出生
文化程度：小学
政治面貌：很好
出生地：空白，未填
现暂住兆丰七队（广东省中山市某小镇）
联系电话：13427018402（我以前的号）
户口所在地：湖南省宁远县李家铺乡
冯谷均村8组（我的家乡）
家庭成员：少军，儿子
少弦，女儿
欧阳元顺，丈夫

2002年2月

于宏达利五金厂做普工，冲压

2005年5月辞工，理由：回家

2005年8月到2007年5月

于智朗电器厂做生产工，辞工理由

回家

期望工资800到1200

最好厂里包吃包住

服从组织

听从领导安排

特长：吃苦，爱劳动

乡 情

轻烟，老树
雾都的孤儿。在暮色里遥望
乡关

山水含泪
江湖太平
笔墨下的叹息，穿越
晨昏

偶尔，失眠
青春已在一页小说里
泛黄，走失

剑兰（湖北黄冈）

在滨河大道
仰望湖北大厦

矗立在滨河大道上的湖北大厦像一把锋利的匕首

每次高速过新洲路段的时候

远远地，我的眼神会拔高10公分

仰望湖北大厦，就是仰望2000里之外的

故乡

现在，我很想穿过这把刀

顺便把自己劈成两半

一半留下来

一半交给我三年未见的

老父亲

胡帝（湖北洪湖）

风居住过的村庄

134

我们的诗　向劳动致敬

故园有风，轻盈。有柴扉沉寂
残瓦片片，角落里凝眉叹息
寒烟，瘦桥。浅浅河流
夕阳下唱着宋词
在天塌前，把村头村尾的秘密，放进嘴里
咀嚼了吞噬

推开画面，千里外，远山早已模糊莫辨
笔走一页空白，绕小径蜿蜒
三月的耳垂下，曾记
风是在黄昏里迷路了，来到村庄的
傍晚七时，流水没膝。流水
从村头小二黑家门前流过，流向
村尾邹小茗家的菜畦

回不去了，从前。从前
我，是三生石上的苍白过客
浴血诞生，却洒泪别离
只在黄昏里向阳枯坐，或睡去。
软梦注定撩人
书房里磨墨，有红袖添香
禅音弥漫
时空荒凉

风，去留从容。由远方来
回了远方

他乡论故居

用得着跟你一般见识，凭外表
衡量家乡的美？我的家乡
浅沟有鲫鱼，田埂下有田鸡
小溪里有螃蟹，家乡后山上
是连绵不断的枣林。夏天来了
孩子们晚上聚集在一块儿数星星
白天就爬上枣树摘枣。笑声
掷到半空中，幸福甜在内心里。
橘子、水蜜桃、李子、黄瓜、西红柿
连成一线，组成了我生命的重要部分
火烬加工的烧红薯，成全了我的好胃口
值得强调的是，所有的它们
都是天然成熟的。以至于每提到家乡
我的天空就往下掉馅饼
我把它们挂在脖子上

思杨（甘肃环县）

五月，
母亲的影子比日头还长

母亲老了
在岁月风沙的吹打下
沧桑的容颜上
有了黄土高原上的千沟万壑

母亲不老
像个时钟不停地转动
密密麻麻的心事
比额头的皱纹还多

远嫁的女儿
离乡在外追梦的儿子
地里的庄稼
院子里的牛羊
都牵动着她的每一根神经

这不，在五月天里
她又拿着自己的影子
和渐渐变长的日头比长

向劳动致敬 我们的诗

雨

我们的诗 向劳动致敬

田地里的庄稼又一次呻吟
下了沟的牛羊
在曾经丰满的泉眼旁
不停地用蹄子使劲地刨
任凭主人怎么深情地呼唤
依旧在固执地寻找
最多也是应付地回应几声

钟秀（陕西汉中）

打工是个沧桑的词

车票

旅途的见证

所有的梦想

被铁轨延伸

车间

多少人遗失了时间

青春如深藏于石缝的花

工衣

廉价的包装

身份的象征

却包裹不住青春气息的散发

厂规

条条框框

框得住人的身体

却框不住梦想的生根发芽

邮票

思念的标签

缚于鸿雁的翅膀上

求它飞到母亲的身边

金钱筑起的浪漫

玩不起

因为它总是昙花一现

胖荣（福建宁化）

致南阳

那天，我送走了K446次列车
整个上午我都想着南阳
一个叫官庄的地方
这个季节应该下起了雪
白雪飘飘，有着孩童般的无忧与洒脱

那个村庄离深圳很远
我仍然抵挡不住
那撩人的寒意。我想此刻
老岳父正独自坐在屋里喝酒

白雪轻轻地覆盖一切

光秃秃的枝丫手握冰刀

划开赶路的风，望见城市的蜃景

也在嘲讽这里的荒凉

岳父端着酒杯，像这平原宴请的宾客

沉醉于浓烈的酒香

在这空旷的村庄

他多像一位狂放的诗人

官庄啊，你有着辽阔的诗意

我的岳父时常举杯与你对饮

我的岳父时常举杯与你对饮

那下咽的咕噜声

在我的喉咙隐隐作响

母亲与白菜

柴画（湖南永州）

山坡上，白菜还没来得及撤退，一场大雪突然地来临
母亲有点急，和奶奶打个招呼，穿上棉大衣围上围巾
抓过扁担，挑上箩筐，匆匆往菜地赶

菜地里，一群白菜从容淡定，不慌不忙
厚厚的白雪上，白菜身子骨健康、茁壮

母亲有点心疼，扒开积雪时，像要把隆冬毁掉一样
稍微有点偏瘦的，还要抱在怀里，用体温捂一捂暖一暖
一把割禾用的镰刀，闪电般地砍

山路上，母亲的头发有点凌乱，脸红彤彤
一担箩筐装得很满，在肩上，疾步下山

堂屋内，祖母早就在灶上燃起了火，炉火正旺
等得最焦急的，就是那厚实圆形木砧板上，几小块水豆腐了

门，好像有点小
母亲进屋时，满箩筐的白菜，还挤不进来
祖母拉住母亲的手，猛用力
菜园子里，几乎所有白菜的甜香，全被拉入屋里
母亲，一个趔趄，大叫，小心白菜摔倒

我们的诗　向劳动致敬

袁华韬（江西崇仁）

温　暖

午后，蜗居多日的太阳终于出来值班

可能是因为蜗居太久

变得懒惰

今天小寒

亲友的祝福是一朵朵棉花

集成棉袄和棉被

使整个冬季都变得温暖

父亲来信

没有手机

也不会上网

父亲偶尔与我的联系

不过是公用电话那头

一阵长长的沉默

和一声轻轻的叹息

固执的父亲

仍然坚持写信

老花镜下那倔强的字迹

总是关于身体

和我的个人问题

年老的父亲

一直担心他完不成任务

他在东莞　我在深圳

我的迟钝的爱情

使他伤透了脑筋

高明的父亲

有一天终于变得英明

先是体面地嫁了妹妹

一年后又为弟弟娶了亲

144
我们的诗
向劳动致敬

（他信中说 小麦熟了割小麦

大麦熟了割大麦

总不能误了农时啊）

我这棵晚熟的大麦

成了他最大的心病

虔诚的父亲

仍一如既往地侍弄我

所有的亲朋师长

也受托对我耳提面命

可是 多雨的南方季节

难以催熟我这棵北方的大麦

倒是那薄薄的信纸

满是叮咛的潮湿

忧愁的父亲

只好一个月来一封信

那满页支着的耳朵

是盼听到我拔节的声音

愿我的泪滴带去温暖

在南方　每一次走在街头

我总是低着头　或仰着脸

我抱怨着一个个清晨和傍晚

也许仅仅只是一抹阴霾甚至乍暖还寒

我无数次地幻想着　要远离这忙乱

可究竟不舍得这繁华　这霓虹灯下的绚烂

我假装着不满　不知疲倦

甚至在许愿时　还说着谎言

偶尔心血来潮　我也吼一嗓《青藏高原》

玛尼石堆上的旗　猎猎作响

还有英雄的格萨尔王　多么庄严

我沉迷于附庸风雅　不怕隔着

雪域天路的遥远

直到地球又一次猝不及防的震颤

直到我又看到那些扬起的尘烟

那沉默的嘶吼　那沉痛的呼喊

那废墟里伸出的手啊

那满地飞舞的经幡

玉树的琼枝，就这样凋零在四月的风寒

那一瞬　我的灵魂也随着巴颜喀拉山而震颤

我所有的虚伪　在泣血的叩问中被彻底击穿

一种欲哭无泪的肝肠寸断

一种痛入骨髓的心手相连

无尽的哀思　表达不了我对亡灵的告慰

满腔的沉痛　掩饰不了我对伤者的哀怜

不要抛弃　让我们跟着　年迈的藏族阿妈

手执佛珠　唱起古老的歌谣　祈祷

不要放弃　让我们随着俊朗的康巴汉子

燃起酥油灯　照亮着未诵完的经文　寻找

愿逝者安息吧　愿生者坚强

愿折翅的山鹰　重新沐浴雪域的光芒

愿美丽的格桑花　依然绽放

此刻　让我把手中的诗篇　充作纸钱

对所有逝者　做一次别样的祭奠

此刻　请你把兜里的零钱　化成心愿

对所有生者　给一点力所能及的慰安

此刻　深圳和玉树　相距并不遥远

愿我眼里这颗冰冷的泪滴

带去我心底一点有限的温暖

回乡小住几日

袁叙田（湖南隆回）

那些生活了多年的老狗显得十分悠闲
懒得理会这个多年不曾回家的人
也不会像见到陌生人那样兴奋 狂吠不止

乡道经过几次改造
脾气变得越来越生硬
凹下去的部分 是岁月踩下去的脚印
和凸起的坟茔形成了对比

人造的树林看起来很整齐
其实有着难以理解的凌乱
鸟的叫声越来越少
在林子里撒野的孩童也越来越少
他们已经不屑在这里寻找快乐

窗外的群山从不张扬
日积月累地记录着过往
不会落下任何细节部分
自由呼吸在天地间

祖母 是一棵经历了无数风霜的老树
百年之后
依旧站在村口 遮风挡雨 指路明灯

路遇一列开往故乡的火车

站在高处

以为可以将故乡尽收眼底

我拥有的这些渴望 推着我往更高处

像季节拔高植被一样

然而我什么都没有看见

我只是站在了高处

故乡依旧在一个小山窝

并没有用长高来配合我的渴望

哪怕升起一节炊烟回应我

哪怕摇动一下狗尾巴草

没有 都没有

当我正要放低自己时

听见铁撞击铁的声响

灵魂敲打灵魂的声响

我看见一列火车像撞开黑暗一样

急速而来

朝故乡驶去

顾亚峰（广东深圳）

春天里，我们一起出发

火红的木棉花，高挂在枝头
多彩的簕杜鹃，簇拥着芳华
春天里，百花盛开时节
伴着书香，我们为圆梦出发

曾幻想学门手艺闯天下
告别课堂离开家
曾经是在困难生活里
无奈地把书包放下
挫折中更懂得读书的重要
主动学习，会使自己更强大

吟诵国学经典，修身齐家平天下

读小说、学科学，未知世界很大

看哲学、观历史

启发思维令人豁达

书中世界博大宽广

助你我把梦想描画

翻开书本，我们一起出发

伴着书香成长，把青春骄傲地记下

练成翱翔蓝天的翅膀

读书，成就精彩的你、我、他

向劳动致敬

我们的诗

敖红亮（吉林镇赉）

乡 愁

思念家乡的泪珠

滴落在雨天的屋檐下　碗里　饭里咽进肚里

让思乡者倾醉　醉在梦里　梦在乡里

是一支芦苇笛

鸣在思乡者的心窝里

幸福

当你的明眸归来　便是我的黑夜
当你离去时，便是我的白天
衡量幸福不再按拥有财富的多少
也不按我的渴望是否比你的更强烈
我的幸福是和你在一起沉默或长谈
以及我们的心灵的相通的律动
不遗憾生命之水夺走我的绿色
现在就让一切的一切都远去吧
我与你站在幸福的丛林中
当你离去时，便是我的白天
当你的明眸归来，便是我的黑夜

唐兴林（宁夏银川）

远 方

我们的诗 向劳动致敬

那里有山

那里也有水

那里有飞翔的白鸟

那里还有一座木质的小楼

那里的水是清冽甘甜的

那里的山是翠绿旖旎的

那里的主人是两个人

一个负责劈柴喂马

另一个负责淘米做饭

每日的光阴里

他们不写字的时候

便相依相偎

看着远山近林

什么也不说

满腹的爱意却已溢满了两个人的心田

偶尔，她会撒娇说

你读诗给我听

一双眸子便凝视着他

像音乐一般的诗让她不忍呼吸

孩童般的天真与快乐

延续了一天又一天

一年又一年

在变换的季节里

两个人又一起上路

于是

一个又一个风景和牵手的温暖

化为美丽的诗章和永恒的回忆

多年后的某一个黄昏

衰老的脸庞依旧相依

蹒跚的步履再次延续一生的记忆

最后

墓碑上写下：我们爱过了

快递员许福永

名字叫许福永的，年轻快递员

他总是要花很多很多的时间

将喜悦和悲伤打包

骑着电动自行车，从白天到夜晚

穿过人声嘈杂的市场

穿过幽暗寂静的树林

打开一段又一段内心干净的缓慢岁月

他说他以前不叫许福永

以前也不在福永做快递员

他仰慕已久的女孩，是个本地人

会说粤语，唱粤曲

她的心是一只栖息在大茅山的凤凰

现在，大茅山改名叫凤凰山

风光旖旎，草木葱茏

他不敢向她表白

得闲时，年轻的快递员也写诗

用笑容写，也用泪水写

他还是义工联的义工

五星级别，他抱怨时间不够用

必须找一条足够长的鞭子

把自己抽成陀螺

奔跑在路上

156

我们的诗

向劳动致敬

浪儿（广东罗定）

梦中的外婆不在天堂

自窄窄长长的小巷子轻盈越过
带着一树不知名的紫色小花的清香

残旧的泥巴墙
屋中央发黄的图像
墙角边不住跳跃着的褐色蛙
梦中的外婆不在天堂

自懵懵懂懂的我的身旁越过
叫喊声里依然带着水晶糖果的甜香

无法出口的呼喊凝在嘴边
隔着空气，看你忙碌着你的忙碌
隔着空气，听你轻言、叮咛、细语

昨夜，梦中的外婆不在天堂
她穿过窄窄长长的小巷来我身旁

凤凰花开

我们的诗 向劳动致敬

五月的深圳

满城的红铺天盖地

我站在那棵你承诺的花树下

苦苦等待

你的消息随风而来

我在窗台上放飞了

一千个祝福

回想

一千个曾经的日子

泪水

淌过回忆的河床

窗外

那红艳艳的花树下

一对有情人吻着甜蜜的芬芳

路人

绕道而行

可是你　在哪里

我问天　天沉默不语

我问地　地呼呼睡去

那一地的花瓣
是不是你
发来的短信

我在那棵花树下
等你
一千年又一个千年
我想总有一天
你会出现

也许
再过千年
也许
没有也许

向劳动致敬
我们的诗

崔绵（河南鹿邑）

今夜，我要睡到瓶子里

这些年，在南方打工，我的俗气沉重
记不起父母的年龄、生日，也很少谈起
庄稼。小院后墙挂着的镰刀、锄头、犁铧
与我无关。我是个做错事的孩子，常常和
生养了我的那个叫试量集的小地方失去联系

我醉了，就在今夜
十年不足十个来回的火车不知道
村西头打麦场上空的月光不知道
母亲围着灶台一天天变粗的腰身不知道
木匠父亲不小心被电锯片切掉的手指头不知道
我和我失血的爱，正在南方剧烈地颤抖

我把自己都交给了这座城市，颠沛流离的痛
在心底悄然发作，我只能默念故乡的名字
然后把它们歪歪斜斜地写进我无人问津的诗里
其实，我多么想，沿着野草丛生的田埂
乘着风，走近你，抚摸我曾遗忘过的土地
看风掀动大片大片的麦浪，看村口大槐树下
摇着蒲扇拉家常的乡亲，还有数星星的孩子们

我的故乡就是此时酒瓶子里的酒
今夜，无论如何，我都要睡到瓶子里

崔海良：豫东平原上的农民

他属虎，急性子，走起路来脚下生风
不看新闻，爱听河南大鼓书
命硬，不信鬼神，过年准时给父母烧纸
带两个儿子一起，教他们认清坟头位置
吃面条时，咀嚼的声音很响

落满尘埃的肩上挑着一副担子
一头是家庭，一头是沉重的日子
执拗的崔海良半辈子不知疲倦地围着黄土地打转
努力用骨头里的盐、铁、钙、磷，为庄稼增加重量
身体里的每一处器官，都在超负荷运作着
却从不思考究竟还能再用多久

这个和村庄一样瘦弱矮小的农民
拿起镰刀，就会忘掉身体里的病痛
手捧金黄，整个夏天只属于他一个人
偶尔会在地头休息的间隙，啐一口唾沫，盘点生存
对于水灾、干旱，他无能为力
除了咳嗽、叹息，会来一杯烧心辣喉的大曲酒

此刻，他正端坐在黑夜里，有些许悲壮
像平原上的麦子，耐心地等待宿命的收割

我见过的铁是银白色的
我见过的铁是银白色的，估计很多人不相信
连我在城市里见多识广的朋友听到都一脸揶揄
他们说除了月光是银白色的，也只有路边上
那些算卦老者的头发是银白色的了

我见过银白色的铁，不止一次了。它们在乡下
夜色里，父亲的鼾声正响，月光穿透老屋的瓦缝
那些被放置在墙角的农具，它们总是沉默着
镰刀、锄头、犁铧、铁锹，黑暗中闪着明晃晃的光

银白色的农具，见证父亲和土地厮守爱情的一生
麦黄时节，天蒙蒙亮，院子里就会响起磨镰的霍霍声
父亲总是细心擦拭，直到把它们全都磨得锃亮
也把一个农人酸甜苦辣的岁月越磨越短

深夜陪娘聊天

雪下了整整一天。屋内冰冷，娘像个客人一样
局促不安。娘的白发越来越多，昏黄的灯光下
刺得我的心生疼。娘年轻的时候，留着一头大辫子
乌黑发亮，现在只能在后墙的镜框里看到了

娘搓着双手，经年浸在水中的手背，反复干裂结痂
或许这生活就像水，农妇的心酸和艰辛溢满所有的日子
春雨、秋霜、烈日与寒风下，五十九岁的娘手脚不再利索
像一枚风中的落叶，庄稼却仍是她割舍不掉的情结
娘像爱我一样爱着她的庄稼、农具、牲畜，从未停息

这些年，我像鸟一样四处飞，却不知娘的泪水早已流干
娘说儿是娘心头掉下的一块肉，又怎么能不时刻惦念啊
事实上等过了年，娘又要开始一遍遍把我往外撵了
她常说：天底下啥都能藏，就是不能藏孩子

不识字的娘，胆小怕事的娘，去日苦多的娘
风湿病的娘，不会骑车的娘，没出过远门的娘
我日思夜想的娘啊，让我把屋子里的炉火生起来
今夜，我要再听娘给我讲小时候讲过的故事

深圳红孩

父　亲

　　　　把铁丝拧成一个个驼背，夜里经常出没的敌人
　　这是父亲的绝活。一声不吭，就像在看《新闻联播》
　　　固定的姿势，沉默的表情，构成了一个农民的缩影
　　他总是想起多年前被挖走的那棵树，他总是半夜醒来

大理石生产车间

黄桂明（广东河源）

石材大板被反复打磨、濯洗

如同命运被一再磨砺

直到呈现出清晰的纹理

锯切、补胶、打磨、抛光

那纯净、秩序、寂静之美

汉白玉、宝石玉、晶墨玉

剖开质面，内部的光芒

如同此生不可多得的喜悦

照亮你久违的平静的笑容

照亮我，内心的暗和抑

忽略掉上帝之力，神的旨意

我只加倍地礼赞大自然

人类智慧的火光、劳动的神圣

让人惊叹、敬畏、欣喜

我们的诗 向劳动致敬

在H大，醉雪濯身

徜徉在校园里的苏格拉底
是谁身怀诗篇仰望苍穹
那孤傲的雀鹰伫立悬崖
以飞翔的姿势展开翅膀

冬天不冷。为生命写诗
散落的词语醉雪一般，覆盖自己
像缠绵的旋律走遍全身
又在身边漫游，久不散去

在H大，荷塘淘尽大江豪迈
岸边的情侣折断眼泪和柳枝
丢掉酒杯，出征的英雄跨上马背

在H大，繁花落尽三千弱水
孤独中逆行，你我手捧星光
以温暖的微火，点亮诗人的旗帜

拉　上

龚碧艳（湖北云梦）

向劳动致敬
我们的诗

拉长合上了电闸
机器顿时轰鸣
那不是热血沸腾的号令吗

整装待发的工友
仿佛高飞的雁阵
井然有序、整齐划一
在空中挥舞着双翅

前面的娴熟地
接过尚未完工的作品
拿起手中的道具
如痴如醉地描绘出一个新的面孔
再准确地传递给后面的
连同坚毅的目光与灿烂的笑脸

漫漫长路
雁过风景
装饰了抬头遥望它的人儿
心灵的窗户
谁说渴望远方的大雁没有梦想
谁说蓝色的工衣在拉上没追求

建筑工

见惯了都市里的高楼
被卑微的我踩在脚下
见惯了无家的云彩
抚摸滴着汗水的头发

我渺小也有渴望
渴望梦想能开花
建造属于自己的家
为此，在城市一隅荒地上
我挥洒着汗水
斗志昂扬
倾注着满腔的热血
连同美妙的青春时光

当风吹干了华发
当一座座摩天大厦
披上她华丽的婚纱
我将静静地收拾行装
再一次出发
去另一处工地安家
抑或拖着疲惫的身躯回家

向劳动致敬
我们的诗

黄开兵（广西）

怀抱着"黄瓜"在公交车上写一首诗

我所能想到的所有美好句子

都比不上我儿黄瓜脸上的辉光

我一直不甚喜欢深圳的阳光

一直觉得是暴烈的无情的

但这个早晨它竟然如此温柔

我没有像往常那样拉上车窗帘

我任由它在我儿黄瓜的身上流淌

每一个轻轻的晃动

温暖的黄金在叮叮微响

我们一起在这阳光里

从福永一直到福田

注：黄瓜是我儿子的小名

黄维贵〔广东梅县〕　　# 春天，我们走进田野

向劳动致敬

我们的诗

桃花开了，油菜花开了
网上一大群人叫喊着要去赏花
带回一路的桃花与蜜蜂
春天，我想不到忧伤的理由
光枝的树木冒出新芽
清新，干净
春天，我没有理由忧伤

好吧！那就让忧伤见鬼去吧
狠狠地这样说道
春天，我们走进田野
打开胸口的窗
放出灵魂

郭金牛（湖北浠水）

花苞开得很慢

花苞，开得很慢

慢，太慢了，小小的女儿，上到小学三年级，需要九年的

流水陪着我，不舍昼夜

在异乡，发生的这一切，都是值得的

雁过也

我师从候鸟，练习搬迁，在出租屋内乘船

在床上流浪

江湖一词，我一试深浅

有两处存在危险

贫穷

与

疾病

唉，世事无常

蒋小平（湖南衡阳）

还　愿

傍晚时分
姐发来信息——
爸问你什么时候
去南岳还愿

为了我的工作
父亲曾对菩萨许愿
眼泪啊，我已经原谅了你
我那一辈子从不迷信的父亲啊
为了儿子竟然向菩萨低头

遥远的南岳
在我眼前若隐若现
而面对悠悠群山
我分明看见
一位年近六旬的老人
蹲在村口
吧嗒吧嗒地抽着烟

我站在树下

蒋志武（湖南冷水江）

如果生命像树枝一样盛满绿叶
那么每一条树枝都会向阳光伸展
每一条树枝都会抵挡命运的摇晃
听候树根的指令

我站在树下，夏季的蝉翼
渐入初秋，包围我的有风
有流年的修辞，有绿叶的隐忍
我应该再矜持一点
像在树根下的土壤，在故乡的黑夜里
只为一棵树或者一个脚步停留

站在树下，向远方眺望
远方显得宁静，却蕴含着苦难
树上的鸟巢在风中摇摆
等待我躲进去
摘取风雨中漂泊的梦境

岁末书

窗外的楼宇从里到外
一层顶着一层，顶着巨大的空洞
新事物姗姗来迟，在岁末
放手去爱，哪怕伤害的人是我
老地方还会出现吗
宇宙在为地球加冕，我得到了毫光

说结束还早，事物的阴影慢慢向我靠拢
谁将这里的悲伤弹奏到我的血液之中
让我忧虑，并带着生死的弧度
爱过伟大的离愁，也爱过悲戚的眼泪
我在一年年的交替之间爱着
用皱纹，用心脏里埋藏的噪音

岁末，我的手指冰凉
血液还没有沸腾
但时光，让我学会了如何衰老
感激那些在我身上留下沉重的人
他们用辽远的胸怀，为我的岁末
刻下不灭的痕迹
而披雪的山峰，坚固到骨髓

谢先莉（湖北仙桃）

如果我是一朵雪花

如果我是一朵雪花

我会在月圆之夜出发

在寒风的护送下

向老家的方向飞翔

在别的地方

我绝不落下

如果我是一朵雪花

我要在除夕夜里抵达

抵达久别的老家

托风将我悄悄地放在母亲的窗台

我不开口喊妈

只偷偷地看一看她

看她头上是否又添了霜花

看她额前是否又增了菊花

看她眼中是否又含着泪花

如果我是一朵雪花
我一定要在初一的早上到家
我要在父亲出门的一刹那
轻轻地落下
落在他的肩膀上

我要他背着我进家门
我要跟着他进房门
我要在他还没发现我时
变成一滴小小的水珠
我不会让他认出我
认出我就是那一滴
想家的泪珠

送你一轮明月

面对分别
总是词不达意
这是你的话语

面对分别
依旧沉默不语
这不是我的本意

人生有太多的无奈
由不得我们来表白
南来北往匆匆过客
相逢如一首
忧伤的歌

去年的今日
我们相识
今年的此时
我们分离
这其间的日子
平淡如水东流千里

你有你的欢乐和苦愁

我有我的心伤与隐忧

很想和你多些交流

可是围在你身边的朋友太多

我成了失宠的小丑

你说你明天就要远走

我无法将你挽留

许多话只能放在心里头

任时光荏苒，岁月如梭

临别相送没有美酒

也没有好歌

只觉得对你的关心不够多

心里有种酸楚的歉疚

临别之际

我只能送你一轮明月

还有一片明朗的天空

伴你走过人生的

每一段旅程

回乡偶书（一）

程鹏（重庆）

他的梦想就是走出这座大山

进入城市，住别墅，过有钱人的生活

许多年来，他朝着这个方向努力

挥汗，接受别人的讥讽，并奉承他人

举手投足间效仿有钱人

他只有一次一次地给山里人钱

不分老小，认识与不认识的

一人一百，给钱成了他回乡最后的话题

他又走出大山的时候

举手投足间有了大人物的风范

再过多少年，他将在大山这里——

构筑内心的别墅，梦中的飞机场

天然的森林公园

理想中的村庄

梦想的大工厂

回乡偶书（二）

她拼命地擦拭

把她结婚时的家具擦出雪亮来

一寸深的灰尘，流浪的心啊

她擦着，擦着，就有眼泪来了

她的丈夫努力地擦拭着板凳

擦出一块雪亮来让她坐下

他擦着，擦着，男人的心啊

就是水缸里的舀出来的凉水

她还没来得及放下行李

就奔向那些家具，她擦着

流浪的心啊，不肯停下来

她擦着，就像擦着家具厂

那些高贵的木头，擦着

她就忍不住哭起来了

她无法擦亮自己的心

高贵的木头擦出雪亮来了

灰尘呼吸在心，也有一寸

她的丈夫擦出一块雪亮的板凳

叫她坐下。这男人的心啊

她的动作无法停下来

擦着，机械似的一双手

半夜，她的手擦着丈夫的背

像擦着家具厂那些高贵的木头

蜕 化

向 劳 动 致 敬

我们的诗

一些文字

从深黑色的笔芯里

静悄悄地爬出

变形成一群蠕虫

笔芯冰冷

这些虫子喘着热气

椅子冰冷

我的身体依旧温暖

这是些很不协调的事

屋外，下着热腾腾的雪

屋里，空气在一点点结冰

幸好有这些虫子

它们吐出的热气

让空气重新变软

我的手心开始出汗

椅子也长出叶子，开出花

我惊喜地发现

那些虫子蜕成了

蝴蝶在我四周轻轻飞翔

蒋逸冰（湖南衡阳）

味 道

把母亲从老家带来的草药一一清点
野菊花 金银花 鱼腥草 灯笼花 淡竹叶
每味称上一克
放进杯子，再倒上滚水
看它们在杯中，升腾、沉浮

母亲说，村里辈分最高的光爷
让她转告我
喝完这杯水之后
无论走到哪里
身上都会有故乡的
味道

我们的诗　向劳动致敬

父亲，我最初的恋人 赖佛花（广东深圳）

无论如何
这是一个错误
在这个错乱的时空里
我奢望能和你有个哪怕是几经缝补的春天

我总是在草长莺飞的季节里想去看你
看你坟前的草被雨打过的痕迹
看你和你的父亲的距离隔了多远
但是父亲
我一直没有
我怕自己无法承受
承受这样的相逢

在许多个踽踽独行的雨夜
我告诉自己
我们彼此都在做一次远游
我渴望距离让我能够淡忘
想念
甚至是淡忘你的面容
但是父亲
你该知道
这是多么艰难的一件事情

是的

也许我该相信，或者是承认

我终究会遗忘你的面容

乃至你是我的父亲

但是当我让自己在一生中疲于奔命的时候

我知道

我无法砍断你的血液

你那一生都在自我放逐的血液

那血液

将永久地存留于我的体内

并且将穿越我流入我的儿孙们

十年之后

父亲

我原以为天空将还原为天空

大地也仍然是大地

但是父亲

我忍不住想问你

你是否还保留着当年离开时的那张脸庞

还是已回归为最初的赤子的形象

父亲，这必定是个错误

而我和你就这样在这个错误里荒唐地相逢

你本该是我的恋人

或者是最终葬我入土的儿子

但是你偏偏是我的父亲

雨落在南方的小镇

黎衡（湖北十堰）

我们在玻璃门后吃饭

餐厅被大雨抽去了骨骼

水雾举着骤暗骤亮的屋子

女老板像一个迷路的人

站在轰隆关闭的雨水的隘口

雨搭起一座座浮桥

从水果摊到远方的山丘

我们在桥头堡之间跳跃

我们坐在原处

在桌上眺望、交谈

乌云锈蚀的铁锁是向上的

但雨一直下沉

每一滴都像一个微型的未来

在跳伞，乘三轮摩托

我们离开了雨歇的十分钟

辚啸（湖北襄阳）

过江西

万物葱茏，月亮在万物之巅大摆筵席

在每一棵草尖上点水成兵

沙哑，斜倚旧桌椅

那年春风度绿岸，你在南昌，我在武昌

两碗汤粉安慰艰苦的学生年代，和发黄

的车票

江西有我看不见的两岸

姐姐，今夜江山起伏。孤独

孤独像手中的玉米，一粒粒掰下，吐出糠衣

姐姐，王的子嗣成荫。我爱这孤独

比爱你舒服。别无他法

我们的诗 向劳动致敬

红蓼花

有时它把食物拖到窗台上

有时数天无炊烟

会发现茉莉枝上有细小的噬痕

两平方米的窗台

它如此热爱

也许月光照下来

它刚好经过这里

影影绰绰的影子构成明暗的两个世界

它在明也在暗

机械的嗡鸣是最好的掩体

在城市另一侧

田鼠正在加紧搬运稻粱

冬天已然到来

那是数日以前

泥土温热，红蓼花开得灿烂

万物曾被温柔相待

谢湘南（湖南耒阳）

填　海

大卡车将泥土和石块往海里倾倒
轰隆隆的声音传出很远
玉米地里
女人正掰着玉米棒子
黑红的脸庞映照天空，她不知道
天上的蓝色少了一块

我们的诗　向劳动致敬

魏先和（湖南隆回）

湖南以南

湖南以南，是广东

你随遇而安

温暖的大海

潮湿的风

湖南以南，你从不提那些朴实的情节

只管鸟语

只管花香

只管把街道喝醉

喝醉喝醉

是什么，慌张你一珠江眼泪

湖南以南，乡情浓烈

谁把深秋撕碎

谁在梦里喊

我的娘亲

我的宝贝

城市不懂夜的黑

低头不识

曾经少年郎

湖南以南，你从不妥协

无所谓风雨险阻

无所谓艰辛疲惫

只因，梦想的召唤是如此热切

这骄阳

这大海

这南国的四季葱郁

不负你一腔激情热血

湖南以南

是广东

你处处是客

追逐着希望

淡定从容

那是我的父亲

如果你看到一个老人
绊倒在庄稼地
请你扶起他以及和他相依为命的庄稼
那是我父亲，他已病痛多年

或者你看到那个老人
在一棵老槐树下打着盹
请你叫醒他
并告诉他红绳头已经找到
那是我的父亲
我怕他一个盹儿错过黄昏
黄昏里我笑容满面的母亲

再如果老人拉住你的衣角
叫唤我的名字
请你陪他聊一会儿天
听他口齿含糊地谈论他的亲人
那是我的父亲
无论如何，请你陪他一会儿
别让他一个人立在深秋

别让他一个人立在深秋
深秋将尽，我还在路上

莫寒（江西抚州）

农　事

父亲再过几年就要迎来花甲之龄
我在想，这些年他是否像其他农民一样
遗忘了自己是农民这件事
而我，是否也和其他同龄人一样
遗忘了自己来自农村这件事
父亲的手是否还能拎起他的农事
我的手是否还能拉开祖父给我的那张弓
如果可以，我愿把自己的十年还给父亲
他便不必马上来到花甲
便不必像一头老牛一样
望着身后的草默不作声

我们的诗　向劳动致敬

魏兰芳（湖南邵阳）

工 衣

十二人用黄金分割

肢解宿舍

铁架床之间穿越着破竹竿

进厂三年

我有十五件工衣在床头

花枝招展

男男女女

老老少少

混合语言

统一包装

工仔 工妹

某些人不屑这样的称号

没有我们的工衣哪有老板的高档西装

工衣是身份的象征

工衣是职位人的聘任书

工衣是找工人的企盼

工衣是做工人的标签

穿上去还是脱下来

就隔这扇工业区大门

工衣其实就是五星级的抹布

我们无权拿来去抹桌子上的灰尘

远远地看着

还有鸡肋的余温

一阵翻江倒海

胃里布满弥漫的抹布味

叹息这世上从没有穿烂的工衣

只有数不尽的抹布要冬眠

这个冬天

我想

穿着我的工衣

游走于城市最繁华的中心

这个冬天

我要

穿着我的工衣

回湖南老家 去看看那些

久违了的

亲人

你说　跟你回家

无论在阳春三月　还是秋水天长

我们一如既往地约定

带上彼此最真的梦想和疯狂

一同走过异乡的街道和繁华

不带走一片梧桐叶　我们把家安于衡山脚下

一辈子为自己打工　打造一个

炊烟深处的农家庭院　小桥流水人家

你说　跟你回家

在那里一年四季瓜果飘香

晓鸡晨唱里　我们牵手看太阳

彩霞片片中　我们把自己相偎成山顶的千年古松

一同在风中吟诵豪迈　苍茫　婉约

我们满怀深情地把小日子像诗行一样地拼凑

你说　跟你回家

我们的家门口必定流淌着一条青溪

在那一波水床里　定是白鹅高歌　鸳鸯戏水

你会很有耐心地　帮我洗涤长发　编织花环

你会在对面的山坡上　种上千百棵小树

你会在家的两旁　种上兰花　水仙　和满畦的玫瑰红

你还会给我做这世界上独一无二的饭菜

不添加任何的化学成分　百分百纯天然
将我喂养得更加水灵灵

你说　跟你回家
也许在飞机和高速公路的幻梦中生活得久了
即便回到小麦和稻花的身边　会恍如隔世
像个初来乍到　刚出生的小孩
即使头大的我会把家中弄得鸡飞狗跳
你也只会捏捏我的鼻子
轻轻唤我小傻瓜

你说　跟你回家
我们一同卸下这么多年的风沙和寂寞
我们暖暖的身子　仍然洁白无瑕
在大自然的安谧和纯情里
我们一同将南方遗忘
我们会生养两个孩子
他们一个姓你的姓　一个姓我的姓

像瑞雪中的绿苗　他们在开春里快活地成长
如果不发生什么意外
他们也许会像我们一样地慢慢老去
如果　就算发生什么意外
他们也不会像今天的你我　偷偷怀揣一丝喜悦
又如此这般惘然　梦想　回家

向劳动致敬

我们的诗

◎ **刘银松**

《今夜，我要关掉月亮这盏大灯》创作手记

我想要关掉工地上的镝灯，好像是一个强烈的愿望。让那些夜晚还在绑扎钢筋、拼装模板、浇筑混凝土的工人，歇息下来。在这样的夜晚，这些来自四川、云南、湖北、福建的农民工，三三两两坐在工地边简易的小酒馆里，几只玻璃杯、几碟小菜、两三斤白酒，闷着闷着，闷出一段唱腔。

而月亮是一盏大灯，它照耀得更远更广，远远超越一盏镝灯的范围。大桥下的河流汹涌，闪着粼光，汽车呼啸而过，城市灯红酒绿……暴露在月光下。这样的夜晚，我想黑未必不是一种宁静，至少你看不见红尘里低处的卑微和高高在上的种种喧嚣。

三五颗星星在上，至少我们可以确信此时的夜空是晴朗的，心里微小的愿望随着星星和手中的烟火闪闪烁烁。

《我的身体里装满轮子》创作手记

我们的生命运动，在身体里必须有一些部件在正常运转。我把这些部件比作轮子。童年、少年、中年，还有我们躲不掉的老年，这些轮子运动的轨迹是不一样的，运转的速度和激情也不一样。它们随着生活境遇的变迁而变化，不断磨合和适应。

即便这样，岁月总是一把刀，或者一颗钉子，扎进你的轮子，让它泄气。抑或，久而久之，因劳损而坏死一些小部件。生命运动也是如此，遵循自然的规律，软伤、硬伤都在自己的身体里，直到身体机能老化、衰竭、停止运转，但是在它们运转时，时时都能产生强大的动力。

我们社会的进步，也正是因为有这些成千上万的轮子在共同推进。

◎ 田晓隐

《还乡录》创作手记

这首诗歌的创作源于思乡，源于对青春消逝的祭奠。很多个茫然无措的日子里我都在深南大道边上茫然行走。人在他乡，看灯火辉煌，看车来车往，但不是我的故乡。

《腊月二十八在火车上看油菜花》创作手记

这首诗歌创作于2014年腊月从深圳返回湖北襄阳的火车上。一趟加班车，一路摇摇晃晃，车过岭南，看见车窗外的油菜花花开正艳，而我在这归乡的路上思绪万千。

◎ 卢当应

《亲吻修江》组诗创作手记

修水是我的家乡，四面环山，一水东流。这一水就是修江，修江把修水县城拦腰一截，分为南北两岸。修江上面有很漂亮的浮桥。20多年前上中学那会儿，晚上经常到浮桥上玩，如今看到的修江两岸都是新建住宅小区、商业中心，我心中的故乡也渐渐变得面目全非。是我们把故乡弄丢了，还是故乡把我们弄丢了？谁知道呢？

2014年秋天，我到广东博罗横河古镇采风，其间创作了这组诗歌。10年前，我从赣西北的修水来到深圳。这10年间，跌跌撞撞，一路为理想前行。当我走进横河古镇的那一刻，才发现自己好久没有亲近大自然了。从大山走出来的我，听从大山的呼唤，找回了诗歌的灵感。

◎ 李可君

《等待》创作手记

周国平先生在《等的滋味》里写道："可以没有所等的一切，但如果没有等待，哪里还有人生？"等，是一种希望，是对美好生活的憧憬。相信生活，充满等待的勇气，去感受人生最珍贵的情感，去体验人生最纯洁、最朴实的情操。

《莲》创作手记

莲最宝贵的不是它的美，而是它的品质。在纷杂的现实生活中，只要像莲一般保持心中的那份纯洁，就可以积蓄力量，展现出智慧、美德、艺术等人类精神之花。

◎ 林畅野

《南国情诗》创作手记

我写了很多首情诗，最初都是停留在想象阶段，直到去年，我遇见了真爱，拥有了爱情，这令我感到知足。生命里必须有爱情，才会快乐。我深爱着她，于是，她就走进我的诗里。当然，秋季是一个令人多愁善感的季节，也是我用诗歌表达爱情的难忘季节。

《沉默之爱》创作手记

我所写的孤独，并不是诗人独有的，而是世人都必须面对的状态，露珠和阳光这种明亮的意象和情人联系在一起。看来，万事万物都是紧密联系的。我爱（生活），故我在。

◎ 雪笛

《凤凰花开》创作手记

2011年，我在深圳八卦岭上班，那里有很多株凤凰树，每年五月就开成花海，每每看到就想起很多人和事，那天我拿起相机拍凤凰花的时候，正好一对情侣在那株繁花下甜蜜亲吻，我没有打扰他们，只远远地驻足，望着他们的二人世界，思绪万千……

◎ 唐兴林

《远方》创作手记

年初，收到LS的短信，说要去很远的地方工作，于是，想起我们一起工作和出游的种种快乐和开心。静下心来的时候，便开始想念LS，写下这首小诗以纪念我们的爱情……

◎ 杨点墨
《我是地铁，你的地下情人》创作手记

地铁标志着城市工业化发展的步伐。城市离不开地铁，地铁不仅仅是单纯的城市交通工具，它还影响着城市的居民及城市的文化。地铁在城市地下交织成网，人们成了鲜见阳光的忙碌人群，每每从地铁口里钻出来，回到阳光下，令人有一瞬间的幸福和怅惘。

◎ 辚啸
《过江西》创作手记

今年四月清明刚过，我从深圳回湖北。火车一整夜都在江西奔驰，雨也下了一整夜。江西是大姐大学时曾待过的地方，我很想看看它，但什么都看不见。记得那年我在武昌，大姐去看我，她翻遍了我的衣柜看我的衣服，因为看我穿的衣服便知道我过得怎样了。仿佛一夕间，我们都有了各自的生活。长姐如母，曾经的种种又浮上脑海……

◎ 许岚
《流浪南方》创作手记

此诗创作于1996年岁末，广州市白云区大朗砖厂，发表于《广州日报》《诗刊》《延安文学》《四川文学》《打工族》等，获得第三届路遥青年文学奖，被称为中国打工诗歌代表作品。

著名诗歌评论家耿占春点评：这首诗的调子像是打工族自己的流行歌曲或摇滚。"流行性"意味着把一种情感与经验处理成人人能够理解的平均值，而且带一点诗意、浪漫与伤感。无论是"我放纵／我淘金／我赤裸"的呼喊，还是"我只看见浮萍／和我的衣衫／一起褴褛天际"的流浪者的唯美与唯我论，都具有流行元素。虽然他也写到了贫穷与疾

病，但它在"天空""红豆""春雪"的语境里也被不同程度地浪漫化了。从前面的诗篇可以知道，打工不是"流浪"，这首诗的流行性在于把打工主题与古老的流浪主题剪辑在一起。

《月光干草》创作手记

1996年深秋的一天，我躺在广州白云区大朗砖厂的草垛上，想家乡的父母，想前路的迷茫，想人生的无助，想一粒米的甘甜。此诗发表于《星星》《山东文学》《黄金时代》《芳草潮》等刊物。

◎ 刘永

《一个民工的时光志》创作手记

这首诗是我在深圳一家物业公司上班时写的，那时的我住在集体宿舍里，最大的愿望就是能有一张写字的桌子。拥挤的铁架床，嘈杂喧闹的生活，但是我从不认为这样就阻止了我内心的诗情画意。我在楼道的一个拐角处，在照明范围只有几平方米的感应灯下趴在地上进行绘画与创作，这里虽然艰苦却无碍我思接千古，"柔弱而坚强"就是在这种环境中感悟出来并成为陪伴我前行的座右铭，也是在这种环境下写出了这首诗。

◎ 魏兰芳

《你说 跟你回家》创作手记

2008年参加一次活动，认识了一个爱写诗的朋友。他有一双炯炯大眼和令人心情舒坦的名字，让人倍感温暖。初次见面，却不曾陌生，他开口的第一句话是淡淡的："兰芳，我们应该认识的。"

我们的熟悉也许只是因为彼此这么多年的漂泊吧？我们都流浪了那么多的地方，我们都有一颗敏感脆弱的心。为了生活，在不同的城市，有时甚至连简短的问候都用沉默来替代。我情绪低落的某一回，他在QQ上说："别打工了，跟我回家！"远方传来几声悠悠的叹息，其实，不管是跟谁，也许只有我自己知道，家，是再也回不去了。

◎ 李秋彬

《冬季回北方去看雪》创作手记

这首诗写于2014年底，是春节返乡前对母亲的思念和回忆，也是邀请女友一同去看望母亲的诗函。全诗以雪作喻，雪既是北方含辛茹苦的母亲，又是南方善良可爱的女孩。常年在外打工，纵使结交了女友，却由于种种原因难以和家人相聚，更不知该如何使她们对彼此有所了解。就这样在思念和邀请又无从说起的矛盾境况下，冬季如期到来，便想和她一起回家看看。

《秋收了，我们没有坐在玉米地上》创作手记

这首诗写于秋收时期。秋季是收获的季节，也是农村最忙的季节，而这个时候的我却在外务工，不能回家帮忙秋收，便不禁想起曾经和女儿一起在田野中收玉米的情景。因生活所迫，不得不背井离乡，这种无奈和不舍，既是对女儿的牵挂和愧疚，也是对留守儿童渴望团聚的真实展现。

◎ 顾亚峰

《春天里，我们一起出发》创作手记

2014年春天，"世界读书日"到来之前，回顾自己多年来参加阅读推广的活动，结合深圳城市生活体会，我在中山公园植树活动时，赏花观景有感，欣然写作此诗，并作为深圳阅读活动主题诗歌多次巡回朗诵。

◎ 毛志刚

《铁轨》创作手记

饱经沧桑的铁轨，耗尽心血，弯曲着、匍匐着向远方延伸，只为承载着火车到达远方。铁轨的辛酸和不易触动了我的心灵，我认为铁轨

203
我们的诗 向劳动致敬

即父母，火车即孩子。

《信念是一只会鸣唱的鸟》创作手记

有一种声音会提醒你一直向前，比如凌晨的闹钟，比如来自父母的鼓励之声；信念有时会助你一臂之力，它化身为一只会鸣唱的鸟，在你身处困境之时，盘旋在你的头顶，唤醒你的勇敢。

◎ 李西乡

《从少年到青春》《与夜晚交谈》创作手记

两首诗都创作于2007年春天。当时，我在一所小学做老师，且是孩子的父亲了。春暖花开的某日，前几年的一工友到访，谈起打工往事，心中不胜感慨。深沉如水之夜，写下两首小诗，以此怀念如水而逝的青春。

◎ 许红丹

《母亲的视线》创作手记

从踏上社会起，我便离开了母亲的视线自己去闯荡。犹记得，第一次出门打工才19虚岁，母亲对我千叮咛万嘱咐。我的家乡在福建，母亲没想到有一天我会来到离家这么远的深圳打工，母亲的牵挂更浓了。

我在深圳11年，母亲站在我身后看着我背起行囊渐行渐远的身影时常浮现在我的脑海。来到深圳，一年半载才能回家一次。我曾在一篇文章中写过这样的场景：

"我转过头，看见母亲的眼圈红了，她的银发在微风中更白了，她的身影在微雨中定格。她有点不好意思，好像她不该这样地舍不得。和往常一样，我只回一次头，虽然我的心情和母亲一样，虽然我知道母亲一定站在那里很久很久。

"雨一直下，仿佛每次的离别，下到我的心里，点点滴滴。

"岁月如歌，我们渐渐长大，母亲渐渐苍老，但母亲对我们的那份牵挂永远年轻。走得再远，也走不出母亲的视线。我们已成家，我们已为人父母，在母亲那里，我们还是一个孩子。"

啊，那沉甸甸的母爱啊！孩儿要用一生去回报！

《秋思》创作手记

我是单休打工者，即一周只有周日休息。打工虽累，但充实自己，提升自己，自觉活得有尊严有价值。也曾非常羡慕别人的双休和享受国家法定节假日的惬意，在私人公司里，那被打了折扣的假日那么单薄。为什么要坚持工作？为了生存，为了养活自己，为了能有余力让身边的人因为你的存在而感到温暖。

上班的早晨，我会提前一点时间出发，绕道家与公司的路程，看看天空，看看身边的风景。"走过几家早点店，走过一座桥，云朵如雪，天如海蓝。""天空下，红琉璃瓦流光，绿树婆娑，护城河沉默。"仅仅活着是不够的，我们还需要阳光、自由和一点花的芬芳。如果不能发现美，生活多无趣？感谢这天空，这树，这河岸渐黄渐青的草坡，这桥上脆弱的、坚强的、感性的、理性的自己！

◎ 蒋志武

《我站在树下》创作手记

生命和树，似乎有同一种共性：坚强，忍耐，不会屈服。在异乡，我们摘取风雨中漂泊的梦境，像树根下的土壤，坚守自我。

《岁末书》创作手记

岁末，新事物姗姗来迟，事物的阴影慢慢向我靠拢，谁将这里的悲伤弹奏到我的血液之中，一年到头，我得到的悲伤充满不确定性。

◎ 陈宝川

《诗歌就是一些砖头》创作手记

有很多诗人问我诗歌的价值或者意义。我记得，台湾某先锋诗人来深圳找我的时候，我们也谈论过这个话题。我个人认为，诗歌的存在是没有任何价值和意义的。如果一定要用价值或者意义来衡量诗歌，那么，我只能认为诗歌的价值就在于它的构造和毁灭，以及它构造和毁灭的过程。所有的诗人都是通过这个过程来获得快感，充满痉挛和痴迷的快感。

《有了那些想象，她就回来了》创作手记

诗歌是一种想象，爱情是，音乐也是。有时候我想，我们的人生，我们的历史和文字也是。至于我和你，就如这诗歌，在你我的想象里，生存或者消逝。

◎ 巴蚕

《青衣江》创作手记

本诗是一首思恋故乡和亲人的诗歌。从小离开亲生父母，故乡流淌的青衣江是我对故乡的全部记忆，是我心中永远的痛，是我在经历人生历练后，对故乡情感从悲到愤再到静的过程。

◎ 唐诗

《快递员许福永》创作手记

有快递要寄的时候我总会想起这个给我送快递的小伙子，他总是不看我的眼睛，腼腆得像个女孩。我们偶尔会聊几句，关于诗歌、梦想，还有这座城市的好天气。

◎ 谢先莉

《如果我是一朵雪花》创作手记

这一首诗写于2002年的除夕，那是我第一次在外面过春节。大年三十的晚上接近新年，我独自走在龙华镇的大浪南路上，想到家中亲人团聚在一起的热闹场面，心中便有一种无法言说的苦楚涌上来，于是幻想自己能变成一朵雪花，御风而行，在初一的早上回到家。

《送你一轮明月》创作手记

这一首诗写于2009年6月，当时一位工友辞工回家，在她走的当天晚上我就写好了这首诗，当月厂里的报纸采用了这首诗。然后我将报纸寄了一份到这位河南同事的家中，她收到后很惊讶也很感动，因为我平

时沉默寡言，与她没有过多的交集，她根本想不到我会舍不得她离开。这一首诗，也就算青春的一个美好回忆吧。

◎ 胡帝
《风居住过的村庄》创作手记

诗歌有浓郁的画面感、叙述从容，有清晰的视线逻辑。诗歌以风起，以风止，从时空哲学跳跃到人心感喟，呼应了现实，也关照了现实。

◎ 崔绵
《今夜，我要睡到瓶子里》等诗创作手记

故乡是所有冲动的来源，到今年，我已南下打工整整11年。在最近的一首诗里我这样写道："不敢想起你，我的故乡。在这小小的秋天里，在一张纸上，我撕不开夜幕，也无法像夜幕中的那只鸟，向着你的方向飞翔……"作为豫东平原一个贫穷乡村家庭出身的孩子，对故乡和亲人那份深入骨髓的眷念，是我诗歌创作中最重要的素材，也是陪伴我一路行走、所有动力的来源。我这样像铁匠一样的苦心敲击，是不是也是一种生活的价值？这些年一路走来，摸爬滚打，到现今依然还是最怕过节，每逢节日，看到别人一家团聚，其乐融融，就特别想我的父母和家乡的亲人。事实上，对于漂泊在外的游子来说，每个节日都是一种痛。

王家新说过诗歌是最容易伪装的，但在这里，在这个打工者聚集的城市，在这种无限孤寂的地方，在每一个打工者的笔下，工作和生活中的任何细节都能成为创作的来源，我只是希望自己能离这种平凡的真实更近一些。如所有劝谕诗一样，诗人都是在人生无常与语言乏力的焦虑下展开其主题的。我始终相信这样一句话。同时，我一直认为，一首诗歌所要表达的思想和情感，要比所谓的表现手法、修辞方法、结构模式等等重要得多。《庄子·天下》说"诗以道志"，这里的"志"就是指的思想和志趣。

◎ 王进明

《在异乡，用文字流浪》创作手记

在单调的打工生活中，文字是成本最低的"奢侈品"，也是唯一能带给我温暖的精神食粮。脚步走到哪里，就写到哪里，就记录到哪里，这是我的理想，也是工作之外的追求。

《春天的希望》创作手记

2014年春节临近，因为一票难求，我不打算回家。后来，在父母的电话催促下，我不得不回家。记得当我走进家门的时刻，饭桌上多出的那副空碗筷深深地打动了我，那就是父母对我无时无刻的爱啊。

我们的诗 向劳动致敬

中国的改革开放让南方一个叫深圳的城市一夜成名。这个昔日小渔村的发展速度堪比野蛮生长，成为今天这样一个密密匝匝堆砌着钢筋水泥的巨大躯体。30多年间，来自全国各地无数的打工青年在这里付出青春、收获爱情、见证成功、承载挫折。幸好有文学，有诗歌，让这些外来青工走过了那些艰难但令人怀念的岁月。这个城市坚持开展的读书月活动，更是让这些年轻人的心灵得以充实和宁静，甚至因阅读而实现梦想，改变命运。岁月荏苒，打工青年、外来青工的内涵已被劳动者这个更大的概念包纳，打工文学正在向劳动者文学迁移，但这种历史流变的本质却未变化，仍然是以诗歌和文学的名义，缅怀青春，向劳动致敬。

"让城市因为热爱读书而受人尊重"，这是已连续开展16年的深圳读书月某一年的年度主题，入选了深圳改革开放30年十大观念。在深圳读书月每年推出的近千场阅读文化活动中，策划举办了大量以关注、关怀外来青工和劳动者为主题的活动，让他们对这个自己生活和工作的城市增加了认同感；来了，就是深圳人，因为阅读在精神上的这种平等性，也让他们成为这个城市的主人。

受益于深圳阅读成长的文化环境，依托于深圳读书月的平台，这个庞大的青工群体中一些人勇敢地拿起笔来，记载岁月、抒写自我，成为文学新人甚至小有成就的作家，走出了许许多多影响全国的劳动诗人，如安子、李晃、魏兰芳、张华、程鹏、邬霞、阿北、唐诗、吴夜、夏子期、李可君、崔绵等一大批全国知名的劳动者诗人，他们拥有独立的思想、冷静的眼光，推动着诗歌的潮涌。这些诗人或诗歌作者有近一半都在深圳工作或生活过，还有相当比例目前仍居住在深圳。因此，可以毫无愧色地说，深圳在中国打工诗歌或者劳动者诗歌的产生和发展中占据着核心地位。

深圳读书月有一项编印《青工读本》的重点主题活动，已连续编了三本针对青工及劳动者朋友的读本。第一本《异乡的家园》、第二本《阅读的阳光》、第三本《青工的阅读梦》，均在全国劳动者当中产生了良好的反响，多次被新华社及国内媒体报道，并由中国作协副主席、书记处书记高洪波题写了丛书书名。2015年，综合各方面的建议，将当年度的《青工读本》内容拟定为诗歌，试图将目前全国青工诗歌做个选集，以此展示中国劳动者诗歌所取得的一个阶段性、专业性的成果。本书收录了国内及深圳较活跃的劳动者诗人，共100人，近150首作品，以诗人的姓氏笔画排序，既是对中国劳动者诗歌的一次检阅，也是深圳读书月长期关注和支持青工诗人和劳动者文学的一项成果。这些诗是每一位劳动者用青春与汗水甩出的呐喊，是夜深人静对母亲与故乡的思念，是融入城市化大潮冷静的思考，是对美好生活的期盼。这些诗有些沉重但不失坚强，有些艰辛却充满阳光。

本书得到了深圳读书月组委会办公室、深圳劳动者文学（宝安）创作孵化中心、全国青工网络写作中心以及《深圳诗人》民刊等各机构和民间阅读组织的鼎力帮助，也得到了相关领导的大力支持。特别感谢各位诗人在编选过程中的义务奉献。由于本次编辑活动历时一年多，再加上打工生活的流动性，一些诗人和作者的地址和手机号码已变，致使无法联系，希望没联系上的作者看到此书后联系我们（刘永：15889696963，袁叙田：17722514422），顺致谢意。

刘永　袁叙田
2016 年 4 月于深圳